JN193569

20年目の

上重 聡

竹書房

怪物と闘ったPLのエース

上重聡

PL学園

3年春ベスト4、夏ベスト8。横浜・松坂と投げ合い、延長17回の死闘を演じた。六大学リーグでは史上二人目の完全試合を達成するも、プロへの道は断念。日本テレビアナウンサー。

球界屈指の左腕
和田毅
浜田

２年夏、３年夏出場。緩急自在のピッチングで、東京六大学の通算最多奪三振王に。プロ入り後も最多勝などのタイトルを獲得。福岡ソフトバンクホークス投手。

ノーヒッター左腕
杉内俊哉
鹿児島実

３年夏出場。甲子園とプロの両方でノーヒットノーランを達成。待ち前の負けん気と、伝家の宝刀スライダーで数多くのタイトルを獲得。読売ジャイアンツファーム投手コーチ。

世代最強スラッガー

村田修一

東福岡

3年春夏出場。松坂との対戦で投手を辞めることを決意。大学、プロでは長打を量産し、日本を代表する主砲として活躍。本塁打王2回。読売ジャイアンツファーム打撃コーチ。

火の玉ストレート
藤川球児
高知商

2年夏出場。兄弟バッテリーとして注目を集めた。松坂とともに高卒ドラフト1位投手としてプロ入りし、浮き上がる直球で絶対的守護神として君臨。阪神タイガース投手。

不屈の鉄人右腕
館山昌平
日大藤沢

3年春ベスト4。高校時代に横浜・松坂と3度対戦。9度の手術による175針の傷を抱えながらも投げ続ける。横投げから繰り出す剛速球と多彩な変化球が武器。東京ヤクルトスワローズ投手。

長身の快速球右腕

新垣渚

沖縄水産

３年春夏出場。高校時代から松坂と並ぶ150キロ超の球速を誇る。プロでも腕を振り続け、現役終盤は怪我に泣かされた。最速156キロ。福岡ソフトバンクホークス元投手。

３年春出場。松坂とは小中時代にチームメート。プロ入り後はパニック障害とも戦いながら、打点王のタイトルを獲得した。東北楽天ゴールデンイーグルス一軍打撃コーチ。

２年夏ベスト８、３年春夏出場。三拍子揃った野手として、高卒ドラフト１位でプロ入り。天才的なセンスで活躍し、コーチとしてもリーグ３連覇。広島東洋カープ一軍打撃コーチ。

松坂世代初の監督

平石洋介

PL学園

3年春ベスト4、夏ベスト8。PL伝説の三塁コーチャーにして主将。高校時代から怪我に泣いた野球人生を送るも、指導者として本来の才能を発揮。東北楽天ゴールデンイーグルス一軍監督。

平成の怪物

松坂大輔

横浜

3年春夏連覇。延長17回の死闘、8回6点差からの大逆転劇、決勝ノーヒットノーラン等を演じた「伝説の夏」の立役者。今も「松坂世代」を牽引する。中日ドラゴンズ投手。

はじめに

今年、第100回記念大会を迎えた夏の甲子園。大会を通じた総入場者数が101万5000人と、史上初めて100万人を突破するという盛り上がりを見せた。

史上初2度目の春夏連覇を達成した大阪桐蔭（大阪）。金足農業（秋田）を準優勝に導いた吉田輝星投手の熱投。高校野球の魅力がたっぷりと詰まっていて、記念大会に相応しい素晴らしい大会だった。

20年前、同じく80回の記念大会で、一人の投手が甲子園のマウンドで躍動していた。松坂大輔（中日）である。

延長17回の死闘や、決勝戦でのノーヒットノーランなど、松坂は数々の偉業を成し遂げ、横浜高校（神奈川）を甲子園春夏連覇へと導いた。「平成の怪物」と称され、一気に時代の寵児となった。

また、松坂と同じ1980年（4月2日から1981年4月1日）に生まれた人たちは、「松坂世代」と呼ばれるようになった。この世代からはたくさんのプロ野球選手も誕生した。

ここ数年、肩の怪我に悩まされ、引退も囁かれていたが、松坂大輔は復活を遂げた。中日ドラゴンズに移籍し、4月30日の横浜ＤｅＮＡ戦（ナゴヤドーム）で、実に日本球界12年ぶりの勝利を手にしたのである。

一方で、数多くの同級生たちがユニフォームを脱ぐという決断をしていた。あの甲子園から、松坂世代と呼ばれてから、20年という時が流れていた。私は同じ歳のプロ野球選手が、引退についてどう考えているのか、松坂世代についてどのような感情を持っているのか聞きたくなった。

すでに引退した者、今季で引退の決意を固めた者、引退という二文字に必死に抵抗し、戦っている者。また、そこに至るまでの道や、松坂大輔と出会って、どのような影響を受けたのか……そんなストーリーをアナウンサー、伝え手として皆さんに知っていただきたく、一冊の本にすることにした。

松坂大輔を含む10人の同級生に会い、話を聞かせていただいた。取材を申し込むと、10人全員が二つ返事で協力してくれた。

松坂世代の友情に感謝したい。

20年目の松坂世代

目次

第1章

和田毅

緩急自在　球界屈指の左腕
松坂はライバルではなく憧れの人

第2章

杉内俊哉

家族への強い思い
1度でいいから松坂大輔に勝ちたかった

第3章
村田修一
松坂との出会い
そこから世代最強のスラッガーが生まれた

第4章

藤川球児

他とは一線を画す
松坂大輔との距離感

第5章

館山昌平

9度の手術 175針の傷
それでも多彩なタッチで投げ続ける

第6章

新垣渚

腕を振り続けた快速球右腕
いつまでも追った球速と松坂の背中

第7章

小谷野栄一

パニック障害との戦い
小学校来の友からヒットを放つ日を夢見て

第8章

東出輝裕

冷静な分析力 だが今も持ち続ける投手への夢とロマン

第9章 平石洋介

今も続く「平成の怪物」との戦い 変わらない松坂への感謝の思い

第10章

松坂大輔

「松坂世代」の牽引者
世代全員分の思いを背負って投げ続ける

第1章

和田毅

緩急自在
球界屈指の左腕
松坂はライバルではなく憧れの人

どこまでも謙虚な男

今では、松坂世代を一番、引っ張っている存在なのかもしれない。

私と福岡ソフトバンクホークス・和田毅との出会いは大学時代。私は立教大、和田は早稲田大と同じ東京六大学リーグでしのぎを削った。伝統の「ＷＡＳＥＤＡ」のユニフォームを身にまとい、和田は1年秋のリーグ戦でデビュー。2年春には主戦投手になっていた。大学通算で27勝。私たちは、早稲田大に4年の春と秋に優勝をさらわれる結果となった。

和田は緩急自在のピッチングで三振の山を築いて、法政大の江川卓さんが持っていた通算奪三振のリーグ記録を、４７６に更新するなど神宮を沸かせた左腕だった。

そんな大投手でもある和田とは、選手と取材者の間柄になったが、話を聞いていていつも感じるのは、客観的に物事を見ているなということ。冷静というか、「俺が、俺が」と前に出てくるところが一切ない。球界を代表する投手なのに、そんな意識を全く見せない。

野球をやっていない同い年が「自分は松坂世代だ」と、この世代の名を好んで使っている人もいる中で、和田にはそういう部分を感じない。その理由を聞いてみた。

「僕は最初、松坂世代に入ってなかったから。大学2年くらいの時に、初めて新聞で〝松坂世代の和田〟と書かれた。『うわーっ、入れてもらえたんだ』って思った。他にも昭和48年会とか世代の通称はあったけど、それまでは人の名前がついた世代なんてないから特殊な世代だよね。そんな有名なところに、僕が入れるなんて思っただけで嬉しかった」

どこまでも謙虚な男だ。高校時代も大学入学の時点でも、プロ入りを意識していなかったことにも驚いた。「松坂大輔は憧れの存在だった」「松坂世代に加えてもらえた立場」と和田は何度も繰り返していた。

その意識は、和田の野球観にも大きく影響した。

「自分の中に『松坂大輔に絶対に勝つんだ』という考えはなかった。敵わない150キロを投げるすごいピッチャーが同級生にいたから、自分の球速が『恥ずかしい』っていう感情になったかな。せめて140キロの球速は出そう、とすら思っていなかったかもしれない。自分はすごくないと思っていたから、何事も素直に受け入れられたのかな」

学生時代に及ばなかった松坂に近づきたい、リベンジをしたいという思いから、次のステージで野球を続けた同世代もいれば、和田のように正反対の考えを持っている男もいる。そして、和田の言う「素直」という性格は、その後の野球人生を変えたと言ってもいい。

大学時代、私は同じリーグで戦っていたので、和田のピッチングは実際に見ていた。浜田高校（島根）で甲子園に出場していたことも知っていた。大学入学当初の印象は、直球の球速は120キロ台で、変化球を交えてくる投手。失礼ながら、プロに行くような投手とは思っていなかった。

半年間で大幅に球速アップ

1年秋のリーグ戦が始まる前、風の噂で「早稲田の和田が練習試合で144キロを出したらしい」と耳にした。これには私も「いやいや、だって、春に120何キロだったピッチャーが、そんなスピード出るわけがないよ」と、何度も首を横に振って信じなかった。しかし、リーグ戦で登板した和田は直球を投げるたびに、スコアボードに140キロを何度も表示させた。和田は言う。

「立教とのその試合は負けたけど、覚えている。負けが濃厚となった場面で、僕が出た。立教のベンチが『おー、出てきた、出てきた』『球、遅いぞー』みたいに騒ぎ立てていた。それで初球に139キロを出して、立教ベンチが『ええ!?』ってなって静まり返った（笑）」

私も言葉を失った一人だ。本当に人間は、いつ才能が開花するかわからない。これは野球に限ったことではなく、自分の実力に限界を感じている人、もっと何かの物事がうまくなりたいと思う人にも伝えたい。ふとしたきっかけで、一気に壁を打ち破ることができることを忘れないでほしい。

では、なぜ、そこまでの球速アップに成功したのか。

入学当初、和田の最速は129キロ。大体、ストレートは123～4キロくらいだった。神宮球場のスピードガンは、他の球場よりも比較的速く計測されると評判だったが、130キロを超えることのなかった和田の頭の中には「（自分は）ピッチャーに向いていない」「大学でベンチ入りメンバーにすら選ばれないのではないか」と不安がよぎったと言う。

確かに、東京六大学からプロに行くような投手は、みな140キロ台中盤を投げていた。同じ早稲田大の3学年先輩で、2001年のセ・リーグ最多勝左腕・藤井秀悟投手（巨人打撃投手）や、私と同学年の立教大の多田野数人投手（元・日本ハム）らもそう。140キロ台は当たり前で、力を入れれば150キロに届きそうな投手がそろっていた。

和田は在学中に、教職課程を取っていたという。母校・浜田高の教師、硬式野球部の監督になることを目指していたからだ。プロになるつもりはなく、指導者として甲子園に戻るつもりでいた。余談だが、和田の夢を継いだのが3学年下の弟の誉司さん。浜田高卒業後は私のいた立教大へ。松江商業の監督を経て、2016年春から母校の監督を務めている。

運命の分岐点となった出会い

そんな和田が1年の初夏に出会ったのが、同学年の土橋恵秀トレーナーだった。これが運命の分岐点となる。学生トレーナーとして、系列高校出身の土橋さんが、早稲田大の野球部に入部してきた。秋季リーグ戦に向けて練習をしていた7月頃、ブルペン投球をしていた和田のところに土橋トレーナーはやってきて「お前、なかなかいいバネをしているな。たぶん140キロくらい簡単に出るんじゃない?」と平然とした顔で言ってきたのだ。和田はその時のことを思い返した。

「なんか、馬鹿にされているのかと最初は感じた。何言っているんだ、お前、と。簡単にポッと出てきて、軽々しく言うなよ、と。けど、俺のことを全然知らないんだろうな……と思ったから『冗談でしょ』とだけ返した」

それでも、土橋トレーナーは「いや、140キロは出るよ」と言い返してきた。すごい自信だ。和田はその時は全く信じていなかったが、頭のどこかでひっかかっていた。そこで一回試してみようと思えるところに、和田のすごさがある。後から聞くと、土橋さんは高校時代からフォーム、動作解析の第一人者になろうという夢を持って勉強していた。

「どうせ、何やってもスピードなんて出ないし、フォームを修正して怪我をしたら、それはそれで仕方がない。元々、教員を目指そうとしていたから、そっちに専念しようと思えた。だから、『じゃあ、教えて』と、指導を受けることにした」

1か月半くらいの期間で、投げる方の手ではない右手と、腰の骨盤の使い方を教わった。しっかりと右腕で壁を作り、骨盤を意識して一気に体を回転させるイメージでフォーム矯正をした。これまで独学でフォームを作ってきた和田にとっては新鮮だった。

「映像も見た。プロ野球選手で見たのが、大輔と左の石井一久さん（元・ヤクルト）。共通しているのは、球が速くて、一気に回転してガッ！　と投げる投手。大輔は左右が違うから、鏡越しで反転させたりした」

イメージを膨らませてフォームを改造することで、和田の球速はどんどん伸びていった。秋のリーグ戦が始まる頃には140キロを計測し、周囲を驚かせた。土橋トレーナーと独特のフォームを作りあげた和田は、ホークスに入団した後も、メジャー挑戦をして渡米していた期間も、そして現在も、土橋さんと二人三脚でやってきた。登板後にはミーティングを重ね、遠征で離れている時はメールでも意見交換をした。

心強いパートナーと描いた成長曲線

衝撃の出会いからわずか2か月くらいで、本当に10キロ以上もボールが速くなったし、それから今までずっと支えているパートナーの存在がいる。私はこの話を聞いて、胸が熱くなった。自分の理論を若くして持っていた土橋さんもすごいが、言われたことを受け入れる素直さを持っていた和田だからできたことだと思う。

和田は心強いパートナーを手にし、成長曲線を描いていった。

投手というポジションは孤独だ。私も大学時代、神宮球場のマウンドに立った時、他の投手になりきったことがある。

どういうことかというと、例えば、松坂の姿を〝借りる〟時は「たしか、大輔はもう少し腕を振っていたな」とか「背筋を伸ばして、投げていたかな」とか体の使い方を真似したりする。ピンチの場面では「こういう時は、こういう精神力で乗り切るんだろうな」と気持ちの面でも想像したりする。真似はロージンバッグの使い方にまで及ぶこともあった。そのようにするだけで、不思議と球速が上がったり、ピンチを脱したりすることもあった。

もちろん、何度も成功するわけではないし、長続きもしないのだが……。

私は松坂だけでなく、左右は違うが和田になりきったこともあった。大学2年の春、不振に陥って投球禁止令が出され、外野にコンバートされたことがあった。禁止令が解けた後の投球は不安で仕方がなかった。悩みながら投手を再開した時は、松坂からもらったグローブをはめて、和田のフォームを真似してピッチングをした。誰かになりきっていないとマウンドに立っていられなかった。

すると、2年の秋に早稲田・和田との投げ合いを制して3－1で勝利し、私は六大学野球における初勝利を手にした。ちなみに、この時のウイニングボールは、今でも大事に部屋に飾ってある。そして、そのシーズン最終戦の東大戦で、なんと完全試合をすることができたのだ。この時のウイニングボールは、東京ドームの野球博物館に展示されている。さらにその年は、計5勝を挙げることができた。松坂と和田のおかげだ。今回の取材でお礼を伝えると、

「わかる。僕も大輔のプレートの土の払い方とか真似している。いつもきれいにしているから」

と返ってきた。驚いた。自分だけではなく、和田もどこかで世代最強投手の力を借り

たいと思っていた。私たちはそこにいないのに、松坂大輔という男に頼って、救ってもらっていたのだ。

松坂と交わした初めての会話

頭角を現してきた和田は、大学2年生の夏にアメリカで行われた日米大学野球大会の日本代表に選ばれた。メンバーには、4年生に中央大の阿部慎之助さん（巨人）、法政大の広瀬純さん（広島外野守備・走塁コーチ）、3年生には青山学院大の石川雅規さん（ヤクルト）、東北福祉大の石原慶幸さん（広島）ら、プロに進んだメンバーがズラリと並んでいた。

私たちの代では和田、九州共立大の新垣渚（元・ソフトバンク）、東海大の久保裕也（楽天）、亜細亜大の小山良男（中日スカウト）らが選ばれていた。さすがにここまで来れば、いくら謙虚な和田でも、自分もプロに行けるのではないかと思考が変わってきていたのではないだろうか。

「（小山）良男を見て、『あ、横浜で松坂の球を甲子園で受けていたキャッチャーだ』とか、『あ、あれは甲子園で150キロを投げていた沖縄水産（沖縄）の新垣渚だ』とか、別世界の人といる感じだった。こういう人たちがプロに行くんだろうなーと思って見ていたかな」

和田はどこまでも、自分を一歩引いて見ていた。プロはまだまだ遠い存在だったため、まだ自分が戦える確信には至らなかった。元々、高校時代も、プロなんて「圏外」「別世界の人が行くところ」だと思っていたし、松坂大輔を初めてテレビで見た1998年のセンバツも「同級生にはすごい人がたくさんいるんだな」と他人事だった。夏の甲子園に出た時も「将来、子供ができた時に見せたら自慢になる」と松坂や新垣とのツーショット写真を撮っていた。

いつもファン目線で同世代のことを見ていた和田だったが、日米大学野球から帰国後、2学年上のプロ注目打者を打ち取ることができるようになった。それでようやく「プロに行けるかも」という意識が芽生えてきたというのだ。2年の秋のリーグ戦が終わる頃、つまり、新聞報道で〝松坂世代入り〟する頃だった。

4年間の時を経て、松坂大輔と同じプロの舞台に和田は登り詰めた。2002年秋、東京六大学のエースという看板を背負い、自由獲得枠でダイエー・ホークスに入団した。前年に社会人の三菱重工長崎から入団した杉内俊哉（現・巨人ファーム投手コーチ）、新垣らとの同級生トリオは、開幕ローテーション入りだけでなく将来をも嘱望された。

この年もたくさんの松坂世代がプロ入りを果たした。だが、この時点で和田はまだ松坂とまともに会話を交わしていない。初めての会話はプロに入ってからだ。

「うわー、すごいなっていう感じだった。どうも、初めまして、と自然に敬語になっちゃった。向こうが気さくで『(和田の出身高校の)浜田高校、知っているよ』とか言ってくれたので、話しやすかった。こっちは憧れの人に会った感じだから、緊張していたけど、大輔はよくしゃべるし、よく笑う。全然、僕たちと変わらないフツーな男だった(笑)」

「別次元」「神様」のような存在の男が、「友」のような存在に変わっていった。

夢だったメジャーに挑戦

和田は1年目から、松坂に負けないピッチングを見せた。14勝5敗の成績を残し、リーグ優勝に貢献。新人王も獲得した。阪神との日本シリーズでは、史上初めて新人で完投勝利を挙げた。日本一にも輝き、一気に世代のトッププレーヤーへと駆け上がっていった。

松坂との注目の初対戦は、2年目の2004年4月16日のビジターでの西武戦で迎えた。結果は1－0で西武の勝利。和田は8回1失点の好投も完投負けだった。一方、松坂はホークス打線を完封。息詰まる投手戦を制した。

その後、二人は何度も投げ合いを演じてきた。4年目の2009年にはWBCでチームメートとなり、世界一に貢献した。その年のシーズン最初の対戦でも、二人の投げ合いが実現。こちらの結果は2－1でホークスが勝利。和田は6回1失点で勝利投手に。松坂は黒星こそついたが、9回2失点の好投をするなど、二人は常に高いレベルで投げ合いを演じていた。

それでも和田は、いつも松坂を一歩先に感じていた。

「大輔はだんだん試合が近づくにつれて、集中力が増していく。それまで普通だったのに、登板前日はしゃべらなくなる。そのメンタルコントロールが自分の中でしっかりできているから、いい投球につながるんだろうな、と思った。仕草や気持ちの運び方、打たれても表情に出さないこととか、結構、真似をしていた。投げている時も、こういう時の大輔はこんな雰囲気だったな、とか思い出したりして。対戦となると、当然プロとして負けたくないというのはあるけど、ずっとさすがだなと思っていた」

しかし、そう言う和田も入団から5年連続で2ケタ勝利し、2011年には通算100勝を達成。これまでにも最多勝や最高勝率、MVPなど、いくつものタイトルを獲得してきた。そんな球界屈指の左腕が、どこかで松坂大輔を心のよりどころにしていたのだった。

そんな一歩先を進む松坂が、2007年にメジャーリーグ行きを決意して渡米。名門のレッドソックスに入団した。移籍1年目はワールドシリーズで登板し、ワールドチャンピオンズリングを手に入れた。そのオフに昭和55年会の野球教室が日本で行われた時、和田は松坂に米国での生活について聞いた。そして、その4年後の2011年オフに海外FA権を行使し、ボルチモア・オリオールズ入り。海を渡ることになった。

「アメリカで通用する、通用しないと考えるのではなく、行かないで後悔をするんだったら、行って後悔しようと思った」

和田がメジャーに挑戦したのは、松坂が米国に行ったからではない。20歳の時に目にした光景が忘れられないからだった。

先述したが、和田は大学2年生の時の日米大学野球で、アメリカ・ロサンゼルスにあるドジャースタジアムを訪れていた。和田自身は登板がなく、ブルペンで試合を見ていたのだが、その興奮は忘れられなかった。

「すごい感慨深かったよ。たしか、独立記念日の7月4日だった。上空には飛行機がビユーッて飛んでいた。すごかったー。あの時はメジャーに行きたいというのはなくて、こんなにすごい球場で野球がやれるんだと思った」

メジャーの球場のマウンドで投げることは、和田にとって夢だった。野茂英雄さんがドジャースで投げている姿をテレビで少年時代に見ていたし、実際にそのボールパークを体感し、より夢が広がった。同学年の松坂が挑戦し、活躍。アメリカに渡るのは自然な流れだったのかもしれない。

想像もしていなかった靱帯の損傷

オリオールズはアメリカンリーグ東地区で、レッドソックスと同じ地区。アメリカで松坂世代が投げ合うことになるのかもしれないと、想像するだけで私の心は躍った。しかし、和田はスプリングトレーニング中に左肘を痛めて、故障者リスト入り。靱帯の損傷が見つかり、トミー・ジョン手術を受けることになった。12年、13年とメジャー登板はなく、オリオールズで契約延長することはできなかった。

「当然、大輔みたいな活躍ができるとは思っていないし、どれくらいできるのかもわからなかった。もちろん、肘の怪我なんて想像もしていなかった」

トミー・ジョン手術は和田だけでなく、同時期にシカゴ・カブスで投げていた藤川球児（阪神）も松坂も経験している。3人の同級生メジャーリーガーが同じ苦しみに遭っていることは偶然なのかなと、ふと考えてしまう。

蓄積された疲労からなのか。日本よりも表面が滑り、縫い目も浅いボールの違いからなのか。ボールの違いにより、加わる指の力が変わるため、肘への負担がかかっているからなのか……。しかし、これが原因だ！　と断言できるものはないようだ。メジャーに行くためには前年にある程度、成績を残して行かないと球団も了承してくれないから、力も入ってしまう。みんなもっと若い時にチャレンジしていたら、こんなに苦しむことはなかったのかなとも思う。

まだ志半ばの和田は、オリオールズ退団後、14年にカブスとマイナー契約を結ぶこととなった。肘の手術から2年が経ち、苦しいリハビリを乗り越えて、7月にメジャーデビューを飾った。ローテーションに定着すると、8月2日のドジャース戦で、念願だったドジャースタジアムでの登板も叶えることができた。5回2／3、2失点と力投したが、チームは2－5で敗れ、敗戦投手に。和田は4勝4敗の成績で、2015年シーズンを終えた。

「初めてドジャースタジアムのマウンドに立った時は『ずっと憧れを抱いていた球場で、俺、今投げているんだ』って思った。アメリカに行ったことは後悔していないし、マイナーという組織の素晴らしさとか、いろいろな経験ができたから、すごいよかったなと思う」

2015年オフにカブスを戦力外。古巣・ソフトバンクから熱いラブコールを受けて、5年ぶりに日本復帰を決めた。もちろん、メジャーで投げられればそれが一番よかった。

だが、オファーはなかった。プロ野球選手として、必要とされるところで投げたいという信念を貫いた。

苦しんでいる松坂の姿

戻ったチームには、先に日本球界に復帰した松坂がいた。しかし、一歩先を歩き続けてきた同世代のスターは、肩の手術を受けたばかりだった。投げることすらできていない。苦しんでいる姿がそこにはあった。

和田も手術から2年のリハビリを経て、ようやく復帰することができた。心の痛みはよくわかる。

「あれだけ投げることが大好きな大輔が、投げるのを自粛していた。我慢している大輔って初めて見たし、それがすごくつらそうだった。思い切り腕を振れないっていうのは、投手にとってすごいストレスだよね」

確かに松坂は高校時代から、練習や試合前のアップでもキャッチボールに時間をかけてやっているイメージがある。普段からボールをたくさん、それも長い距離を投げている。そうやって肩を作って、試合でも1年を通じて多くのボールを投げている。そんな男が投げることを制限されている。なんだか翼をもぎとられた鳥のようだ。

日本球界に復帰したばかりの和田は、自分の練習に集中しなくてはならないのに、やはり松坂のことが気になって仕方がなかった。

一軍で投げる和田。リハビリを続ける松坂。同世代の二人の位置づけは対象的だった。だが、和田はそこでも、松坂の姿勢に感激することになる。

「大輔はフラストレーションを誰に当たることもなく、自分の中で一生懸命、消化しようと頑張っていた。そういうところは、さすがだなと感じた。僕だったら、『いや、もういいっす』と自暴自棄になりかけると思うんだけど、そういうことはなかった。自分の中でなんとかしようとしているのがわかった」

だから、松坂が投球練習を再開したり、日を空けずにブルペン投球をしたりすると、自分のことのように嬉しかった。根っからの野球好きが、その日の様子を興奮気味に話しているから、聞いているだけで野球をやれる喜びが伝わってきた。同時に五体満足で投げられている自分は幸せ者だと感じ、より一層、真剣に野球に取り組もうと思えたと和田は言う。

「僕が試合で勝ったりとか、いいピッチングしたりした後、大輔からメールが来た。自分が苦しんでいる時に、同級生にそんな素直にパッと祝福のメールができるかなっていったら、なかなかできることではないと思う。それを大輔はできる。やっぱり、すごい。

試合に負けただけで下を向いたり、ちょっと肘が張ったくらいでいじけたりしていられないなって思った。勇気をもらった。それも一回や二回ではなく、何回かあったな」

松坂は「ライバル」ではなく「憧れの人」

一緒にホークスで先発ローテーションをまわりたいという夢は、叶わずに終わった。2017年オフ、松坂は退団。ボロボロになっても現役を続ける意志を貫き、中日ドラゴンズに移籍した。実績があるのに、あえて苦しい道を選んでいる。覚悟もあったし、本当の芯の強さがないとできない決断だったと思う。

「なかなかできない選択だよ。だから、ますます大輔はすごい。自分にあんなことができるかなっていうふうに思った。たぶん、あっさり辞めると思う」

和田に自身の引き際をどう考えているかと聞くと、次のシーズンへ向けたオフのトレーニングが十分にできなくなったら、きっぱりと引退を決める、と言う。和田がオフに自主トレで走り込む量には、いつも驚かされてきた。一緒に自主トレを行った若手選手は「和田さんがあれだけ走るんだったら、自分たちはもっと走らないといけない」と口をそろえるほどだ。

「シーズンの準備をする気力がなくなったら、もう無理かなとは思うよ。準備できなくなれば、当然いい球は投げられない。ボロボロになるまで続けるというのは、僕にはできない。元々、自分がすごい選手で周りから『まだやれるよ』と言われるのだったら、どうかはわからないけど、僕は大輔みたいに元々がすごくない〝しょぼい〟投手。今、ここまで現役生活を続けられていることだけで、結構、大満足の部分がある」

和田の緩急自在の投球スタイルは、中日で50歳までプレーした山本昌さんのように、息長くできるような気がしていた。しかし、和田自身はそうは思っていなかった。

「スパッと辞めることは、僕は簡単にできると思う。自分に言い訳して辞める人間もいるからね。〝元々すごくないから〟という理由もある意味、言い訳だしね。自分が弱い人間だから、そう言って楽になろうって思ってしまう」

世代ナンバー1左腕がここまで活躍できたのも、松坂大輔という存在があったからだった。決して「ライバル」とは言わず、「憧れの人」というスタンスでここまでやってきた。そんなメンタリティーだったからこそ、この場所まで登り詰めることができたのだと思う。

松坂世代で、最も長く現役を続けるのは、もしかしたら和田なのかもしれない。

「大輔より先に辞めないでいたら、自慢が一つできるかな。『俺は松坂大輔より1年長くできている』って（笑）。当然、高卒と大卒で現役年数は違うけど、年齢で1歳でも長く、あの松坂大輔よりも投げたぞ！　みたいな。まぁ、でも、大輔はみんなが辞めるまで辞めないと思うけどね」

最後に和田は、松坂世代に生まれて「よかった」と迷わずに言った。感謝の気持ちをずっと持ち続けている。

今も、そしてこれからも、それは変わらないだろう。

第2章

杉内俊哉

家族への強い思い
1度でいいから松坂大輔に勝ちたかった

家族への思いで戦ってきた男

肩の怪我と戦いながら4年ぶりの白星を手に入れた松坂の姿に、刺激を受けていた男がいた。大きな手術からの復帰を目指していた巨人・杉内俊哉だ。

ホークス時代からかばってきた股関節が悲鳴を上げ、２０１５年10月に手術を受けた。必死のリハビリで実戦登板できるまでに回復したが、左肩や内転筋も痛め、２０１８年シーズンをもって、17年間の現役生活にピリオドを打つことを決断した。

最後の一軍登板は、２０１５年7月の甲子園球場での阪神戦。それからの3年間は、一軍登板がなく苦しい期間だった。その間、松坂の復活や同学年の同郷・福岡出身の村田修一（現・巨人ファーム打撃コーチ）らとの約束を支えに、なんとか歯を食いしばってきた。

取材した日は、松坂がオリックスとの交流戦で登板し、好投していた夜だった。巨人の試合経過を気にしながらも、同級生たちに思いを馳せた。

「松坂の復活は、自分にとってもかなりプラスだよね。やっぱり、頑張ってきたから。

本当に同世代のみんなに頑張ってほしいな。（村田）修ちゃんもそう。名球会に一番近い男がやっているわけだから、俺も頑張らなくちゃいけない。一緒に昨年まで巨人でやっていたサネ（實松一成　現・日本ハム）と3人で飲みながら『ボロボロになるまで頑張ろう』と約束したんだ」

昨年のシーズン終了後、同学年の村田と實松が巨人から戦力外通告を受けた。一気に二人も同学年が抜けた衝撃は大きかった。仲の良かった3人はお酒を酌み交わしながら、自分たちが進むべき道を再確認。村田はルートインBCリーグ・栃木へ、實松は兼任コーチで古巣の日本ハムへ。必要とされるところへ向かっていった。杉内も、契約更新できた巨人でもう一花咲かせるために、リハビリに励む日々を送っていた。

心の支えはもう一人。杉内には中学生になる長男・咲哉君がいる。

「うちの子供に聞いたら、俺のプレーを『覚えていない』と言うんだよね。東京ドームに見に来たこともあったけど、試合を見ないでゲームをしていたらしくて。今でこそ野球をやっているから興味を持ち始めたけど、3年間、一軍で投げていないから、自分の父親が試合で投げていないと気づいたみたいで、『お父さんは怪我をしているの？』とこの前、聞かれた。その時、〝俺は何をしているんだろう〟って思ってしまった。それならば、もう一回投げている姿を見せないといけないなって。『もう一回、（一軍で）投げてよ』と言われるのが、すごく重い……」

咲哉君は父と同じ左投手だ。自宅で食事や風呂を済ませた後、杉内のところにスマートフォンを持って動画を見せに来たことがあった。「お父さん、見て！　これってすごくない？」。覗き込んだ画面の中では、父である杉内俊哉が快投していた。記憶に残っていない息子が、ホークス時代の曲がりの鋭いスライダーや、巨人時代のノーヒットノーランの投球術を見るには、動画サイトに頼るしか方法がない。

「動画を見ながら『父さん、すげえ球投げているね』『何!?　このスライダー！』『何!?　このインコース真っすぐ、半端ないね』と言う。嬉しい反面、頑張らないといけない。生でもう一回見せてあげたい。打たれるかもしれないというのは、条件つきだけれどね（笑）」

以前、3人の子供を持つ松坂から、同じような言葉を聞いたことがあった。上の二人の子は松坂が活躍している場面を見ているが、4年間ほとんど登板がなかったので、一番下の7歳の子は雄姿を覚えていない。松坂も、子供にプレーしているところを見せたい気持ちが、復活の支えになった。

咲哉君はピアノの腕前も高く、父は野球よりもピアノにセンスを感じている。それでも、長男は父の背中を追いかけ、大好きな野球を続けている。松坂が3番目の子供に見せることができたように、杉内も愛息の記憶に残るピッチングをしたい。家族への思いも、杉内を支えていた。

「プロにならなくてはいけないんだ」という強い決意と覚悟

いつも、どんな時も、杉内にとっては家族が原動力だった。

プロを意識し始めたのは小学校高学年。子供が〝将来の夢〟を語っているレベルではなく、確固たるものだった。私が杉内と出会うのは高校3年生の時になるのだが、その時他の選手が言う「プロになる」とは違う、「プロにならなくてはいけないんだ」という強い決意と覚悟を感じた。「プロになる」という確かな意志は、小さい頃から変わっていないものだった。

「母子家庭で育って、姉ちゃんが障害を持っていたから『俺が頑張んなきゃ』というのが子供の時からあった。家族を支えるというか、なんとか楽をさせたいなという感じ。単純だけど、プロ野球選手になれば、お金をたくさんもらえるという考えだったから、勉強をしていい大学に行って、いい企業に入るとかではなく、一番儲かるのは何かと考えた時、やっぱりプロ野球選手だなと思っていた」

今では当たり前なのかもしれない1億円プレーヤーの存在は、私たちが小学生の時は珍しかった。「億」という金額の単位は、契約更改のニュースで初めて聞いたようなものだ。

母親に苦労をかけたくないから、野球で実力をつけた。高校も地元の福岡を出て、学費のかからない〝特待〟で名門・鹿児島実業（鹿児島）に入学した。それでも寮費は月に3～4万円を払わなくてはならなかった。母親に負担をかけてしまっていると常に思っていたという。高校卒業後、大学進学は選択肢になかった。野球をやりながら、給料がもらえる社会人野球を選ぶのも自然な流れだったのかもしれない。

「高校時代の練習は厳しかったよ。携帯電話とかがなかったから、入学当初の1～2か月は公衆電話に行き、毎日のように母親に電話をしていた。『きつい。今終わったよ』とか、『明日もまた朝早くに起きないといけない』とか『今から先輩の洗濯があるよ』とか、そんな話をしていたね」

練習試合や公式戦では、福岡から鹿児島まで見にきてくれた母を、なんとか喜ばせたいと高校野球に没頭した。頭角を現した左腕は、2年生から鹿実のエースとなり、同学年のライバルたちとしのぎを削るようになった。

県内のライバル公立校・川内高校には、140キロを超えるストレートを投げる剛腕、後に亜細亜大から巨人へ自由枠で入団する木佐貫洋投手（巨人ファーム投手コーチ）がいた。九州の高校と戦う親善試合では、後にホークスでチームメートにもなる沖縄水産・新垣渚が150キロの直球を投げていた。そして、秋の全国大会である明治神宮大会で、神奈川に「怪物・松坂」がいると聞いた。県内に木佐貫、沖縄に新垣がいて、全国を見ると松坂。この3段階はなかなかの高い壁だ。

「木佐貫の球は速かった。コントロールも良くて、投球が頭脳的だった。（新垣）渚は何も考えずに、ガンガン真っすぐ来るけど、150キロを連発する。そんな渚が、明治神宮大会で横浜と対戦して負けた。直接、見たわけではないけど、そこで松坂の存在を知った。『渚よりも速い球を投げるピッチャーがいるの⁉』みたいな感じだった。松坂は真っすぐはもちろんすごいと思ったし、やっぱりスライダーがすごいと思った。高校生であんなスライダーを投げる投手はいなかった。あのボールは〝生き物〟じゃないのかな、とまで思えるほど曲がっていたね」

母の誕生日にノーヒットノーラン達成

全国の同学年にはものすごい選手たちがいる。だからといって、負けるつもりはない。98年、高校最後の夏の鹿児島大会では、川内・木佐貫との投げ合いを制し、鹿実は甲子園切符をつかんだ。

そして、甲子園デビューとなった8月11日、青森・八戸工大一との1回戦では、ノーヒットノーランを達成。16奪三振の快投だった。この試合が行われた日は杉内の母・真美子さんの誕生日。本当は試合は前日に行われる予定だったが、雨が降って順延になっていた。苦労をかけた母に恩返しを、と神様が巡り合わせてくれたのかもしれない。

余談だが、松坂も中日で今年初勝利を挙げた試合の日は、母の由美子さんの誕生日だった。息子が母を思う力というのは大きいと実感させられた。それは、何歳になっても変わらない。

記録を達成した瞬間に、杉内が甲子園の空に向かって両腕を突き上げたのが印象的だった。私はこの時に杉内俊哉の存在を知った。体が小さいのに、左投手特有のカーブ、キレのいいストレート、さらにコントロールもいい。松坂や新垣だけでなく、サウスポーでもいい投手が同級生にはいるんだと思った。

メディアもプロのスカウトも関心を寄せていた。翌日のスポーツ紙では大きく取り上げられ、スカウトは「あのカーブはプロの打者でも打てない」と高い評価をコメントとして残していた。

「あのノーヒットノーランをした試合で自信が持てたし、改めてプロを目指そうと思えた。もっと頑張れば、俺は本当にプロに行けるんじゃないかと思えた試合だったよ」

高校野球ファンの記憶に残るゲームは、人生の分岐点となった。そして、忘れられない優勝候補の横浜との2回戦がやってきた。

甲子園の開会式では「憧れだったから」と杉内は松坂と一緒に写真を撮った。しかし、試合になれば話は別。「絶対に負けたくない」とひるむことなく、挑んだ。

試合前に横浜の映像を見た。自分の出来が勝敗を分けるのは一目瞭然だった。

「神奈川大会の横浜スタジアムで中段から上段に、バッターがホームランをガンガン打ち込んでいる。あんなのを見たら、『コイツらやばい』『なんなのこれ』ってなった。自分が抑えないと勝てないなと思っていた。こっちが3、4点取るだけで勝てる相手じゃない」

杉内はそれ以降、プロになってからも試合前に相手打線の映像を見ることをやめている。それくらい衝撃的な打力だった。

松坂との投げ合いで重すぎた1失点

世代最強チームといわれる強豪と対戦が決まってからは、マネージャーや控え部員が松坂を徹底解剖し、配球などをデータ化。鹿実のスタメン選手たちは、直球に狙いを定めていった。

「初回、先頭バッターがいきなりいい当たりのセンターフライを打った。ベンチではみんな、『当たる！　当たる！』みたいに盛り上がったんだ。結局、打てなかったけど」

3回に、九番打者だった杉内は第1打席で松坂のストレートを狙い、レフト前ヒットを放った。それでも、そのすごさを体感した。

「変化球の曲がり幅が大きくて、スピードもある。スライダーは途中まで真っすぐに見えるから、打ちづらい。俺の場合、カーブはボヨンと曲がるし、スライダーはちょっと落ちればいいかなと思っていた。でも、松坂のスライダーは、真ん中の真っすぐから（左打者の）インローのボールになるぐらいの感じ。『来た』と思ったら『ない』みたいな感じ。それはみんな空振りするよ。スライダーをマークしたら、真っすぐには全然反応ができないし。ＰＬ学園（大阪）は、本当によくあんな延長17回の試合をしたよね。すごいと思う」

杉内のボールも、カーブやスライダーは誰も真似ができない異次元の変化をする。この決め球があったから、プロ野球の世界でもトップを走り続けることができた。そんな左腕が舌を巻くほど、松坂のスライダーはすごかったのだ。

試合では、松坂と杉内は互いに譲らなかった。5回まで、松坂が鹿実打線を2安打5三振に抑えれば、杉内も横浜打線を3安打4三振に封じ込んだ。しかし、6回裏。杉内は先頭打者に四球を与えるなど、1死三塁とされると後藤武敏（現・楽天二軍打撃コーチ）に犠牲フライを打たれて、ノーヒットで失点。先取点を奪われた。

「途中まで、松坂と投げ合っているという気持ちはあったけど、この取られた1点がすごい大きくて。『1点取られちゃったよ』とがっかり感が強かった。やっぱり相手が0点じゃないと勝てない。うちの打線じゃ松坂から点は取れないと思っていたから」

7回は無失点に抑え、なんとか食らいついた。あの横浜相手に7回1失点で試合を作った。普通0－1で来たら、私だったらある程度、納得じゃないけれども『ここまではまあまあ、良い形で来ているぞ』と思ってしまう。でも、杉内にはこの1点が重かった。相手が松坂だから重すぎた。他の学校、投手なら0－1だと、そうはならない。これまでにない感覚だったという。

「松坂を、試合前から投手としても打者としても意識していた。7回1失点……他のゲームならOKゾーンだけれども、この試合、負けたら意味がない。今だったら、切り替えというか割り切って、次の1点を与えない！　と前向きにピッチングができるんだけど、高校3年の時は、『俺が一番なんだ！』と変な安っぽいプライドがあったから、その気持ちが折れちゃったのかな」

「怪物」に屈して終わった夏

杉内にはピッチングの流儀がある。「いいイメージで試合に入れるから」と、ヒーローインタビューもしくは勝利の瞬間を思い浮かべて試合に入る。マウンドに立てば、まずは完全試合を目指す。走者を一人出したら、次は気持ちを切り替えてノーヒットノーラン。ヒットを打たれたら完封。失点したら、完投……といったように、常に次に価値のある投球内容を目指し、頭の中で切り替えていく。

これは私がPL学園時代に、中村順司監督から聞いた桑田真澄さん（元・巨人）の発想と全く同じだ。杉内はそういうメンタルの持ち方で、甲子園だけでなく、練習試合も含めて、高校時代にはノーヒットノーランを4回やっているという。その中には完全試合もある。投手をしていた私からすると、考えられない数だ。

だから、気持ちを立て直せなかった横浜戦のメンタルを悔やんでいる。1度ほつれた気持ちの糸は戻らなかった。8回に一挙5点を失い、試合は決まった。小池正晃（DeNA外野守備走塁コーチ）のタイムリーでまず1点を失い、松坂にはとどめの2ランホームランを浴びた。

「0点で抑えたいと思っていたから、1点取られてガクンと落ちた。松坂の本塁打もカーブが高めに抜けた失投。インローに投げるつもりがインハイ。たぶん疲れもあったし、2点目を取られたらもっとガクンとなった」

終わってみれば0－6。強打の横浜打線を止められなかった。

もしも私だったら、7回まで1失点だった方にクローズアップして、無理矢理にでも自分を納得させたかもしれない。しかし、杉内には達成感、満足感はなく、松坂に勝てなかった悔しさだけが体中を支配していた。

「負けた直後は、たぶん泣いていなかったけど、最後にバックネットのところを歩く時にお客さんに『よく頑張った。次のステップで頑張れよ!』みたいな感じで言ってもらえた。その時は涙が出てきたね。悔しかったな」

杉内の夏は「怪物」に屈して、終わった。

翌日、鹿児島に帰り、野球部を引退した。自分が去った甲子園大会はテレビなどでは見ていなかったという。

しかし、当時の鹿実・久保克之監督(現・名誉監督)から、高校日本代表で戦う第3回AAAアジア野球選手権大会(甲子園球場)の候補メンバーに入っていることを告げられ、練習を再開した。杉内は遠征先のホテルでは東福岡の村田修一と同部屋だった。

「村田がいつも眉毛を抜いていたのを覚えているね(笑)。松坂と上重とじっくり話したのもこの時が初めて。大きな会館のような部屋で食事をして、誰かの部屋に集まって、ベッドの上に座って『進路どうする?』みたいな話をよくしていたね」

自分の力で家族を楽にしてあげたい

そこで私たちは出会ったのだが、イメージと実際の杉内にはギャップがあった。私は、杉内が携帯電話につけていたサンリオのキティちゃんのストラップが、どうしても気になっていた。あのノーヒットノーランをした男が、女の子がつけるようなキャラクターを身につけている。そんなギャップがおかしかった。当時の友人の女の子からもらった大事なものだったそうだが、みんなにも冷やかされていたのを思い出す。

そんな男が、自分の進路について話をしていたことも忘れられない。先ほども少し触れたが、杉内は「家族に負担のかからないようにしたいから、俺はプロか社会人」と強い意志を示していた。他の仲間は特に大きな理由はなく「プロかな」「プロにかからなかったら社会人かな」「とりあえず大学に行く」みたいな感じだったが、その童顔に似合わぬ確固たる決意を、目の奥に宿していたのが印象深い。

「よく覚えているね、キティちゃんのこと(笑)。でも、また寮費を母親に払ってもらって大学で野球をやるという考えはなかった。野球は続けるつもりだったから、社会人に行く。もしくは、プロに呼ばれるのなら、プロに行きたいという考えだった」

自分の力で家族を楽にしてあげたい、という感覚が当時の私には全くなかったので、同い年ながらすごい18歳だなと思った。

松坂と杉内は、日本代表では左右の二枚看板として軸だった。韓国や台湾などの強豪には二人が登板した。私や村田などは中国やオーストラリア、モンゴルなど日本よりは格下と思われる国で先発だったから、松坂と杉内の二人は別格だった。

「渚もいたし、ブルペンに入ってみんなでよく話をしたね。懐かしい……。あの時全勝して、優勝した。ほんとに強かった。ほんとに負けなかった」

最強メンバーでアジアの頂点に立った。松坂は頼もしかった。

松坂をはじめ、多くのメンバーが秋のドラフト会議でプロから指名がかかった。杉内が選んだのは社会人の三菱重工長崎だった。プロからのオファーがなかったわけではない。当時は鹿実の久保克之監督が、選手たちの進路を決めていた。

「久保先生は、社会人チームに行って給料をもらって、『月々十何万の生活を経験してこい』と、お金の使い道を学んできなさいという考えだった。それに、左ピッチャーを育てるいいコーチがいるから、その人の下でやってきなさいと言われたから、そうしたんだ」

久保監督は杉内が母子家庭であることも知っており、たとえプロへの道が断たれたとしても、社会人チームに行けば会社に残れる道を作ってくれると考えていた。いつも会うたびに「杉内、お母さんは元気か？」と気にかけてくれるという。

「久保先生は、そういうところがやっぱりすごかった。野球の前に人として、社会人としてのマナーを勉強してこいという指導だった」

世代ナンバー1の負けず嫌い

大学1年生になった私は、日本代表の仲間、同級生たちの活躍が気になっていたので、都市対抗野球をはじめとした社会人野球も注目して見ていた。その中に杉内ももちろんいた。しかし1年目は登板する姿を見なかった。体作りに専念しているのかな、と思っていた。

「肩が痛くて、投げられなかった。フォームの問題だった。投げる時にどうしても前に突っ込む癖があったのと、そのフォームで投げすぎていたから肩に負担がかかった。その時に、フォームを考え直さないと、長くできないなと思ったんだ」

左肩を治しながら、グラウンドではフォームを修正する日々が続いた。ボールを投げられないストレスもたまっていた。通っていた治療院のテレビには、西武ライオンズでまぶしく輝いている松坂の姿が映し出されていた。

「『松坂すげえな』と思っている部分もあったけど、治療院で見ていたから『何をやっているんだ、俺は！』という悔しい気持ちが強かったよね。投げられない自分に情けない、悔しいという気持ちだった」

追いかけようとしているのに、その背中はどんどん遠くなっていく。そんな気分だった。悔しい気持ちが込み上げる一方で、これ以上差が開かないように頑張るしかないとも思えた。プロで活躍する松坂という存在が常にいたから、杉内は歯を食いしばることができた。

「『クソッ！　俺もあそこに行きてえ』『俺は何をやってるんだよ』と毎回、松坂を見るたびに思った。だから、ここまで来られたというのもある。俺、負けず嫌いだから」

松坂も言っていたことがある。杉内の秘めたる思いというか、〝負けず嫌い度〟は「俺の中ではナンバー1だ」と。

左肩痛が回復し、杉内は高校時代のように体をひねるのをやめ、体に負担のかからない投球フォームに変えた。私は社会人時代の杉内の投球フォームも研究していた。左右違うとはいえ、理想的なフォームだったからだ。

社会人2年目の時だったと思うが、映像で見た杉内のふくらはぎの筋肉が驚くほど発達していた。以前と比べて太さは1・5倍くらい。どちらかというと、華奢でかわいらしいイメージの杉内だったのに、体つきが変わっていて、1年間、体力作りをやったんだなと思った。

「あの時、18キロ太ったのかな。68キロから85〜86キロくらいまでいった。ウエートトレをガンガンやるチームだったから」

2年目から都市対抗野球に出場した杉内は、再び脚光を浴び始めた。

念願のプロ入りを遂げて松坂と初対戦

オフにはシドニー五輪への強化策として、アマチュアの選手がプロの春季キャンプに参加。そのメンバーにも選ばれた。杉内は偶然にも松坂のいる西武の練習へ行った。その時、松坂の部屋を訪れた。

「プロテインとかゼリー、プロ仕様の野球道具がいっぱいあって、『何なのこの量は!!』って驚いた。『プロはすげえな』ってまた思ったよ」

野球日本代表のメンバーに選出されたシドニー五輪で、二人は再び日本代表のユニフォームを着ることになった。チーム最年少の左腕だった杉内は五輪前の壮行試合・キューバ戦で5回を投げ、被安打はたった2本の無失点ピッチング。5回2死まで、許した走者は失策の一人だけと、強力打線を手玉にとった。

「社会人2年目から肩が良くなって、球速が一気に上がった。140キロ後半のスピードが出るようになったし、カーブのキレも増したんだ。シドニーのメンバーにも選ばれたから、(社会人に進んだ選択は)間違っていなかったと思えたよね」

社会人の1年目は怪我で苦しんだが、悔しさをバネにさらにパワーアップしていた。

シドニー五輪で練習するのはいつも松坂と一緒だった。

「周りは先輩のプロ野球選手ばかりだったから、心強かったよね。ランニングの時は必ず俺が一緒に横にいた。一緒に走ったんだけど、松坂は走るの得意じゃないから『遅いよ!』とか言いながら、二人で一生懸命に走った。俺はよく走っていたから、松坂より速かったよ」

メダルには手が届かなかったが、超一流のプロ野球選手と同じ時間を過ごせたことは貴重な時間だった。

2001年のドラフト会議、杉内は当時のダイエーホークスから3巡目指名を受けた。契約金1億円、年俸1500万円。現・ソフトバンク監督の工藤公康さんが、99年までつけていた背番号47を受け継いだ。小さい頃からの夢であり、目標だったプロ野球選手。女手一つで育ててくれた母親に、恩返しすることができた。

一足先にプロの世界に入った松坂は、3年連続最多勝に輝くなど、球界のエースとなっていた。必死に背中を追いかけ、98年夏の甲子園、2回戦以来の松坂との再戦は、2002年4月23日の福岡ドーム（現・ヤフオクドーム）でやってきた。

「どんなんやったかな……。初対戦は無我夢中すぎてあんまり覚えていない。覚えているのは俺が5回、松坂は悠々と9回を投げたことくらい。対松坂というのは意識はしていたはず。自分はまだメンタルとかもアマチュアの考えだから、全然相手にならんかったもんね。松坂はすげえな、とまた思ったもん」

杉内は5回1失点で同点のまま降板で勝敗つかず。松坂は9回2失点、135球の完投でチームを勝利に導いた。

悔しさのあまりベンチを素手で殴打

杉内はプロ1年目こそ苦しんだが、2003年には初の2ケタとなる10勝、日本シリーズMVP、05年には松坂の14勝を上回る18勝を挙げ、最多勝や沢村賞を獲得するなど球界を代表する左腕になっていった。

しかし、まだ1度も松坂との投げ合いで勝利していない。03年、04年に1度ずつ対戦はあるが、松坂は両方ともゲームを作って勝利投手になっている。

「3試合で一回も勝っていない。世代のトップに君臨する男やから、やっぱり勝ちたいという思いが強い。数字的に見れば松坂は通算で170勝ぐらいでしょう。俺も140勝だから近づいてはいるんだけれども、やっぱり対戦して勝っていないから、まだ存在的には遠いのかなと思う。同級生だから違う感情は出る。勝ちたいんだよね。このままで終わりたくない」

松坂が認める〝ナンバー1の負けず嫌い〟が顔を出した。

悔しさを隠そうとしない。芯の強さは高校時代から今も変わっていない。野球ファンの方ならご存じだろうが、杉内は2004年6月1日のロッテ戦、2回7失点でKOされると、悔しさのあまり、ベンチを素手で殴打したことがある。両手の小指つけ根を骨折し、全治3か月の怪我を負った。この年はこれが最終登板になってしまった。

社会人2年目だった私は、穏やかな性格の杉内が、どうしてあんなに一変してしまうのだろうと思った。同時に、野球に対してここまで熱くなれるからこそ、思わずしてしまった行為なんだろうとも思った。

「俺自身、あれは後悔していないんだ。もちろん反省はしたけれども、今でもプロに入ってからの分岐点は、あそこだと思っている。そのまま落ちていくのか、ここから登っていけるのか。あの時はもう結婚をしていたので、嫁にはかなり苦労をかけたけど」

球団とチームに計600万円の罰金を払い、年俸も1300万円のダウン。しかし、翌年は18勝4敗、防御率2・11で、タイトルも獲得。あれだけ熱くなれた自分がいるからこそ、今まで野球を続けてくることができた。

「今でも、投げたら悔しさが出る。勝った時は、もちろん嬉しい。充実感が半端ない。もうこれはピッチャーしかわからない気持ちだろうなと思うけれど、負けた時はやっぱりすごい悔しい。そういう悔しさを持っているから、ここまで来られている。これで負けて悔しくなくなったら、もうおしまいだなと思っている」

伝家の宝刀スライダーの原点

悔しい思いがいつも次へのエネルギーだった。高校時代に負けた松坂との試合、治療院で見た試合中継、そしてプロのマウンドでも、悔しさが杉内の体を突き動かしている。

「だから野球をしていて、楽しいとか思ったことがないのかな。いつも不安との戦い。中学校から野球の厳しさを教わった感じ。プロで投げるのが怖い日もあった」

入団当初の1、2年目や調子が悪い年が特にそうだった。遠征先のホテルでは投げる前に眠れなくなって、思い立ったらタオルを持ってシャドーピッチングをしていたほどだ。夜中の3時にベッドから飛び降りて、練習していたこともあった。

「こういうフォームで投げられたらなとか、理想を追い求めてやっていると、次の日は大概打たれる。もう考えてしまっているから。『こうしようかな』とか思っている時点でもうダメ。不安と怖さしかなかった。試合前とかも、怖くて逃げ回りたいと思ったこともあった。もう対戦相手がどうこうじゃない。自分との戦いだった」

試合終了後のヒーローインタビューを想像してマウンドに立つ、というポジティブシンキングの一方で「野球は怖い」「特にピッチャーは怖い」とビクビクしている自分もいる。投手というのは繊細な生き物だ。

私も痛いくらい、よくわかる。甲子園出場時の試合前夜は、杉内と同様に私もヒーローインタビューを具体的に想像しながら眠りについていたし、一方で立教大で投げている時は、1球もストライクが入らなかったらどうしようという夢を、いつも試合前夜に見ていた。

「打たれるのが怖いんじゃなくて、四球を出すとか試合を壊す方が怖い。先発で1週間も調整する時間をもらったのに、5回持たずに降板とか本当に嫌。若い時は〝ミスターフルハウス〟と呼ばれるほど、3ボール2ストライクによくしていた。だから『そう思われているんじゃないかな』とか『解説者に言われているんじゃないかな』と思うと、すごく嫌だった」

今でこそ、コントロールが良く、特にスライダーは抜群というイメージが杉内にはあるが、ホークス入団当初は変化球の制球が苦手だった。捕手の城島健司さん（元・ソフトバンク）も、杉内が変化球を苦手としているのがわかっていた上で、あえてサインを出していた。ボール球が先行していても、3ボール0ストライクでも、サインはカーブ。一貫していた。

「マウンドで『ストライクを取るのは真っすぐしか無理だよー』って思っていた。でも、これだけサインが出るもんだから、ストライクが必ず取れる変化球を覚えなきゃいけないなと痛感した。そこで、スライダーを本格的に覚えたんだ」

伝家の宝刀スライダーの原点だった。元々、投げることはできたが、勝負球として磨かれてはいなかった。それは、城島さんから、杉内が成長するためのメッセージだったのかもしれない。

和田と新垣へのライバル心

「城（じょう）（城島）さんとは、よく食事に行って、俺がサインを出して8割はストライクを取れるような変化球を覚えろと。そうしないと上のレベルには行けない。お前と和田、新垣との違いはそこだと言われた」

和田と新垣はスライダーでカウントが取れていた。同学年で同じローテーションをまわるライバルの名前を出されて、さらに悔しさが込み上げた。杉内はその日以降、寮の横にある室内練習場で、夜中に黙々とネットスローでスライダーの練習を続けた。同じ寮生の和田や新垣に見られたくないから、その時間を選んだ。

「だって、和田も1年目から14勝して、渚も安定して勝っていた。俺も10勝したけれども、追い抜けないなと差を感じた。安定感が違うし、俺は調子が良ければ勝てるけれども、和田や渚は調子が悪くても勝てるピッチングができる。その違いが2年目の時に、ほんとに思い知らされた。和田と渚の試合のピッチングを見たくなかった。どうせ勝つから。それだったら自分の練習をした方がいいと思って練習していた」

3人で仲良く話をしている時は、普通の同級生。でも、今回、話を聞いた和田も新垣も杉内も互いに意識しまくっていた。ローテーションに3人が入っていた時、3人のうちの誰かが勝って、次の試合のバトンを渡されるとすごいプレッシャーだったと口をそろえている。中でも一番悔しい思いをしていたのは、杉内だったのかもしれない。

「一人でこっそり練習している時も『なんで、俺のスライダーは曲がらないんだろう』とか言いながら投げていた。和田と渚には投げ方を聞きたくなかった。でも、2005年に一気にポンッとスライダーを覚えた。それは宗（むね）（川﨑宗則）の助言があったから」

当時ホークスで同僚だった川﨑に「打ちにくい球ってどんなボール？」と聞いたところ「力を抜いたフォームからピュッと投げられたら難しいです。キャッチボールみたいな力感のなさでビュッと来たら、タイミングが取りにくいです」と返ってきた。

その言葉からヒントを得た杉内は、右足を上げた時に左手でグラブを〝ポン〟と叩いて力を抜き、ゆったりとしたフォームからリリースの瞬間だけ力を入れるピッチングフォームに変えた。

「そうしたら、真っすぐのキレがもっと増して、コントロールもさらに増した。それからスライダーが投げられるようになった。キャッチボールみたいな感覚。腕をしならせて〝ムチ〟だ、〝水だ〟みたいな感じ。2005年のオープン戦からそれをやりだしたら、勝てるようになった」

松坂だけではなく、同世代へのライバル心、劣等感、悔しい思いから、助言をヒントにしてつかみとった自分の居場所だった。

「同じチームに同学年の二人がいたから、自信がついた。今の自分があるのは和田、渚がいて、松坂大輔がいてくれたから。身近にいいピッチャーがいてくれたからここまでやれてきた、というのはあるかな」

プロでもノーヒットノーランを達成

力をつけ、球界を代表する左腕になった杉内は２００６年、松坂と同じ日本代表ユニフォームを着る３度目の機会を得た。日本中が熱狂した第１回ワールドベースボールクラシック（ＷＢＣ）だ。私も日本テレビのアナウンサーとして渡米し、選手たちの様子をリポートした。サムライ戦士たちと同じ気持ちでと言うのはおこがましいかもしれないが、そんな気持ちだった。

決勝戦は幸運にも日本テレビの中継で、視聴率はなんと43％。立場は違うが、世界一になった祝勝会で、同級生たちと一緒に喜びを分かち合うことができた。自分は野球から外れた道に進んだのに、そこに自分がいるというのがすごい不思議な感覚だった。アメリカで、同学年が集まった食事会にも特別に松坂に呼んでもらい、杉内、和田、藤川球児らと他愛もない話でリフレッシュした。決勝戦のインタビューや、シャンパンファイトのリポートができたのは、運命だったのではないかと思っている。

「アナウンサーって、いい仕事をしてるね。俺は第１回、自分が投げたのかも、打たれたのかも、全然覚えていない。緊張なのか、興奮なのか、初めてだったしテンパっていた。一緒にみんなでご飯食べに行ったことも、覚えていない。ごめん」

大投手から「いい仕事」と言ってもらえて光栄だが、もちろん侍ジャパンのユニフォームを着ていることの方がすごい。この大会で松坂は3勝を挙げ、世界一の立役者となり、MVPを獲得。杉内は出番に恵まれず、3回1／3イニングの登板のみに終わった。

「1回目のWBCの時はボールに戸惑ったというか、アジャストできなかった。滑って投げにくかった。相手もいて、ボールとも戦うというのは本当に嫌だった。何をやっても滑るし抜けるから、左バッターに当てるんじゃないかと思ったくらい。メジャー（移籍）なんてとんでもないよ」

松坂はその年、海を渡って活躍したが、杉内は生涯、日本で戦っていくことを心の中で誓っていた。2009年の第2回WBCでもメンバーに選ばれ、今度は大車輪の活躍。メジャーを経験した松坂は、相変わらず信頼感のあるピッチングで2大会連続のMVPに輝き、世界一連覇に貢献。杉内も〝裏MVP〟といっていいほどの完璧な投球だった。準決勝のアメリカ戦、決勝の韓国戦でも好リリーフを見せ、東京ラウンドから5試合をすべてリリーフで投げて、無失点の活躍だった。

「2回目の時は、投げるコツをつかんでいたし、余裕があった。結果を残していたから覚えている。やっぱり松坂大輔というのは、心強い存在だったね。このチームは絶対勝てる。そう思えた」

高校日本代表時代からシドニー五輪、そして2度のWBCで一緒に日の丸を背負った杉内だからこそわかる安心感。19歳で挑んだシドニー五輪こそ頂点は逃したが、この世代が中心となって結束すれば、世界の野球とも対等に戦えることを実証してみせた。

杉内は2011年オフには巨人へ移籍し、5月の楽天戦でノーヒットノーランを達成。甲子園とプロ野球の両方でノーヒットノーランというのは、史上初の偉業。杉内は高校時代に続いてプロでも快挙を成し遂げ、12勝でリーグ優勝に貢献した。移籍は間違っていなかったことを証明した。松坂がメジャー移籍した後の日本球界を、松坂世代の筆頭としてマウンドで牽引した。

村田と實松との約束

引退の美学についても、8月の取材時に聞いていた。

「もちろん、今はもう、すごく苦しいよ。あとはいつ辞めるのか、タイミングの問題。でも、どの球団からも要らないと言われるまでやろうと決めている。さっき話したように村田と實松とのことがあるし、自分から『ここでもう辞めます』と言うのは、約束を破ることになる」

自分だけのことならば、もっと早い段階で自らユニフォームを脱ぐ決断を下していたかもしれない。でも、二人との約束があった。そして、村田が先に引退を決め、もう自分の体も限界だったため、重い荷物を下ろすこととなった。

今年たった1度だけ、杉内の肩が自身も驚くほど快方に向かった時期があったという。初夏、松坂が中日で今季3勝目を挙げた頃だった。

私をはじめ、他の松坂世代の投手は、若い時からフォームや仕草で松坂の真似をするなど、どこかで力を借りていた。我流を貫いてきた杉内はそこに関しては否定をしていたが、松坂の復活の話題になった時、ハッとしたようにつけ加えた。

「そこはあえて、松坂の真似をしたかもしれない」

痛めている左肩が思うように回復しない春先、松坂が右肩を治して復活した姿を目にした。そこで球団のトレーナーに同意を得て、松坂を診た医師を紹介してもらい、診察を受けた。すると、ずっと調子の悪かった患部が次第に良くなり、球が少しずつ戻り始めてきたのだ。

杉内自身は球団外で治療することを嫌う。一生懸命に治そうとしてくれている球団スタッフに申し訳ないし、自分の後にもし同じような症状が出た選手がいたら、治すことができないからだ。

ただ、今回はその医師と球団トレーナーの関係がとても近かったため、一緒に来てもらって診察をした。藁にもすがる思いだった。そのトレーナーが、これまでの杉内の状態を事細かに先生に伝え、その後も球団に持ち帰り、一緒にリハビリに励んでくれた。肩が、一気に改善されてきたという。

「パッと目の前が明るくなった感じがしているんだ」

松坂も回復した時、同じことを言っていた。そしてオールスターのマウンドに立てるまでになった。杉内ももしかしたら、近い将来、再びスポットライトを浴びる日が来るかもしれない、とこの時は思えたほどだった。

「怪我さえ治れば、俺はアイツ（松坂）よりは勝てると、たぶん思う。他人が評価するとかもうどうでもいいから、この野球人生でもう一回、どうやって活躍するかしか考えていない」

松坂への憧れと悔しさ

永遠の憧れであり、ライバル。松坂大輔にこれからどうあってほしいのか。

「村田にも、2000本安打を打つまでやってほしいと言ったけれども、松坂にも200勝を目標にして、名球会に入ってほしい。世代の代表として、200勝で終わってほしい。やっぱりプロの世界は数字だから。あの松坂大輔が、200勝にいっていないのは嫌だよね」

一つ下の学年で阪神・鳥谷敬選手、ヤクルト・青木宣親選手が2000本安打に到達している。私たちの代でまだ一人もいないなんて、入団時には想像もできなかった。杉内が言ったのと同じように、私もまずはこの数字に近い二人に到達してほしいと思っていたが、村田が引退を決めた今、その可能性があるのは松坂と藤川の二人だけになってしまった。

もし、杉内が1学年上、もしくは1学年下に生まれていたら、世代トップの称号は彼だったかもしれない。

「そんなことは考えたことがないな（笑）。松坂世代でよかったと思うね。そのおかげで〝便乗〟してこられた部分はある。松坂に対して悔しさはあるけど、嫉妬はないよ。松坂にまだ俺は一回も勝っていないから。負けっ放しだなと思いながらやっている」

しかし、その1勝は訪れなかった。取材から3か月後、沢村賞も獲得した通算142勝の左腕は、ユニフォームを脱いだ。

9月12日。都内のホテルで杉内は引退会見を開いた。私も会見場へ向かった。この本の取材をした時には、まだ心は折れていないと思えたが、引退を決めた。その心境の変化を聞きたかったからだ。

「結局、松坂に勝つことなく、僕が先に引退をしてしまったので、心残りではあります。彼が1年でも長くできるように応援したい。あの時は肩の状態も良く〝いけるかな〟という気持ちはありました。でも、心の中で『次、どこかを怪我したら（引退）』というのがあった。（内転筋を痛め、投げられなくなり）心が折れたといえば、折れたということになる。ただ、後輩たちがいるので、最後までそういう姿を見せたくはありませんでした」

そして最後に、来季も現役を続ける松坂世代へのメッセージももらった。

「もう、いい年齢なのでね（笑）。たぶん、みんなそれぞれがわかっていると思う。どうすれば1年でも長く野球ができるのかということを、もう1度考えてほしい。どんなに頑張っても悔いは残るでしょうけど、少しでも悔いが消えるように、全うしてほしいですね」

一歩先を行くライバルの背中を追いかけ続けた杉内の20年が、今、静かに終わろうとしていた。

松坂への憧れと悔しさを持って戦ってきたから、このような素晴らしい成績が残せたんだと思う。松坂には1度も投げ勝つことはできなかったが、家族を楽にさせてあげたいという幼い頃からの決意を実現し、沢村賞の受賞やノーヒットノーランを達成するなど、松坂世代を代表するサウスポーだった。

今でも、高校時代に杉内と同じ日本代表のユニフォームを着ることができたことを誇りに思うし、杉内が会見で流した涙と言葉を、私は一生忘れはしない。

松坂との出会い
そこから世代最強のスラッガーが生まれた

第3章

村田修一

松坂世代最強のスラッガー

秋晴れの小山運動公園野球場へ、村田修一に会いに行った。3日後に栃木での最終戦が行われる栃木ゴールデンブレーブスの本拠地では、チーム練習が行われており、村田は若い選手と一緒に汗を流していた。

どこにいるかは見てすぐにわかった。上半身は栃木ゴールデンブレーブスのTシャツ、下半身は巨人時代のユニフォームを「動きやすいから」という理由で着用していたからだ。フリーバッティングでも、誰よりも遠くに飛ばしていた。まだまだ、戦える力はあるように見えた。

村田は、明るい表情で取材場所に案内してくれた。しかし、その直後に突然の報告を受けた。

「自分の中ではもう決断をしたんだ。(3日後の)9月9日には報告をしようと思う。見に来てくれたファンの皆さん、応援してくれたファンの皆さんのために、自分の口でしっかりと発言をしようかなと思っている」

現役引退だった。まだ迷いがあるのではないかと思っていたのだが、違った。この日、私は松坂から電話をもらい、村田への伝言を預かっていた。「(村田)修(しゅう)には2000本安打を打ってほしいし、NPBでキャリアを終えなきゃいけない」と。しかし、村田はもう吹っ切れた様子だった。

「大輔にそうやって言ってもらえて本当にありがたいし、その(2000本安打までの)135本に未練がないと言えば嘘になるけど、やってきた野球に悔いはないから」

もう意志は固まっていた。

9日の引退セレモニーでは、涙を流しながらファンや家族、チームメートらに感謝を伝えた。「今日をもって引退します。本当にいい野球人生でした」と挨拶し、ファンの涙を誘った。松坂世代最強のスラッガーが、惜しまれながらバットを置いた。

初めて歯が立たないと思った投手

村田と松坂の出会いは、20年前の春のことだった。甲子園出場を決めた東福岡(福岡)のエース・村田はコントロールで勝負する投手で、打っても三番打者。チームの中心選手だ。神奈川・横浜にすごい投手がいると聞いてはいたが、すでに秋の九州大会で

150キロ近い速球を投げる沖縄水産・新垣渚は見ていたとあって、そんなに意識はしていなかった。

迎えたセンバツ。大会4日目、第1試合に横浜、第2試合に東福岡が登場した。村田は、試合の準備をしていた室内練習場にあったテレビで、初めて松坂の投球を見た。

「甲子園に行けば、140キロ投手はいくらでもいるだろうし、そんなにすごくないでしょうって思っていた。でも、『えっ？　これ、同級生なの？　やばいよ』ってなった。一人だけプロ野球選手がいると思った」

九州には新垣だけでなく、後に広島に入団する高鍋（宮崎）の矢野修平という速球投手もいたため、速い球には免疫があったが松坂はケタ違いだった。球速、変化球のキレ、投手としての完成度が違ったという。

「もし、1回戦を勝ったら、次は大輔の横浜と当たるから、恥をかかないようにしよう、うちの打線じゃ打てないだろうと思っていた。大差で負けると、地元に戻ったら『弱かった』みたいに言われる。次の夏の大会で自分の野球に支障が出ると思った」

これまで村田が野球をやってきて、歯が立たないと思う投手はいなかった。松坂が初めてだった。

村田は初戦（2回戦）の出雲北陵（島根）戦で、無四球完封勝利をマーク。そして大会8日目の3回戦で、両校は激突することになった。

先攻の東福岡は、2年の田中賢介（日本ハム）が松坂からセンター前ヒットで出塁。1死二塁となり、先制のチャンスで三番の村田が打席に立つも、空振り三振に倒れた。

「打席でスライダーを見たら、『やばい。やっぱり無理や』みたいになった。なんとか当てて前に飛ばしたいけれど、ファウルになるだけで前に飛ばなかった」

この試合、東福岡は松坂に2安打完封された。村田も4打数ノーヒット、2三振。横浜に0－3で敗れた。

マウンドでは、打者・松坂のすごさも体感した。5回まで無失点に抑えてきたが、6回に六番打者だった松坂にタイムリー二塁打を浴び、先制点を許した。8回には四番の後藤武敏に内角のボールをうまくレフトポール際へライナーで運ばれた。

「（投手の）大輔からヒットを打てないのに、打たれちゃったよ（苦笑）。武敏のホームランも簡単に打たれた。高校時代、公式戦でホームランなんて、全然打たれなかったのに、インサイドのボールをうまく打たれた。あの一発は衝撃的だった。試合は3点差で負けたけど、なんとか食い下がった3点差。あれはいくらやっても埋まらない。10点差ゲームにならなくてよかったと思っているくらい」

投げ合いは松坂に軍配が上がった。力の差を大きく感じた。それでも村田も8回14球を一人で投げ抜き、9個の三振を奪うなど、投手としても全国クラスだったことを証明した。

松坂を見て投手を辞めることを決意

夏の甲子園の後には、アジアAAA野球選手権の高校日本代表にも選ばれ、私もチームメートになった。投手・村田は大会を通じて、15イニング無失点で最優秀防御率のタイトルを獲得。野手として出場した試合でも、右中間に豪快なアーチを描くなど投打に活躍した。

しかし、村田はもうこの時には投手を辞めることを決めていた。

「春の甲子園で横浜に負けた時に『もう無理や』と思った。元々、投げることより打つ方が好きだった。大輔を見て、コイツに投げ勝ったら面白いとも思ったけど、コイツのボールをいつか打ち返したいというのが先に来た。賞をいただけたのは嬉しかったけど、正直に言うと、AAAの時はもう投げる気なかった（笑）。もし1学年違ったら、まだ投手をやりたいと言っていたかもしれない。早い段階で大輔と対戦ができたことで、次のステージは野手でやろうと自分の中で芽生えた」

そして、松坂らが高校から直接プロに進む中、村田は大学進学を選択した。野手として4年後のプロ入りを目指すため、日本大学に進んだ。1年目から松坂は西武で活躍。

その姿に刺激を受けていたし、自分自身のプロへの〝バロメーター〟にもなった。

「すごいなと思ったよ。やっぱり、あれくらい投げられたらプロで通用するんだ、と。将来的にあのボールに対応できるようになれば、自分もプロで通用するんじゃないかなと考えた」

4年後のプロ入りを目指し、速球に力負けしないスイングを作りあげた。また、打つだけではプロで活躍できない、とサードの守備も磨いた。

「今までは、ピッチャーをお休みする時に外野を守っただけだった。今度はきっちりと守らないといけないから、守備練習はきつかった」

私は大学、プロと見てきて、村田のサードの守備は今でも球界トップレベルだと思っている。それは高校卒業後に、守備に対して劣等感があったからだと思う。自分は他の選手よりも野手としてのスタートが遅れ、練習量が足りないから鍛えないといけないと考えていたのだろう。

村田は投手出身だから、スローイングが安定しており、プロに入っても送球ミスはほとんど見たことがない。捕球さえすればアウトにできる、という自信があった。それでも横浜や巨人で守備練習を怠らなかったのは、アマチュア時代から積み重ねてきた練習量がそうさせているのだろう。

3年秋に東都大学リーグで8本塁打をマークし、青山学院大の井口資仁さん（ロッテ監督）の持っていた当時のリーグ本塁打記録に並ぶなど、頭角を現した。東都にも松坂世代の亜細亜大・木佐貫洋ら好投手がいたため、プロのスカウトには大きなアピールとなった。

「8本打ったシーズンの時は、長打を武器にプロでもやっていけるかもしれないと初めて思えた。東都のレベルも高かったし、日大を2部に落としてはいけないという緊張感の中でもやれたかな」

練習試合をすれば、早稲田大の和田毅など同学年のプロ候補がいた。私も立教大の時に日大と試合をして、村田に打たれた記憶がある。ライバル心をむき出しにしているように思えた。それはプロに進んだ松坂に対しても同じかと思ったが、そうではなかった。

「大輔とか同級生に負けたくない、というのはなくて、またみんなと同じフィールドで野球をやりたい、という目標を持っていた。打球が遠くへ飛ぶようになって、これなら大輔のボールもなんとか前に飛ばすことができるんじゃないかなと思えてきた」

目標は一流のプロ野球選手になること

あのボールを打ちたい——。

その思いを持って、4年間、己を磨いた村田は２００２年オフ、自由枠で横浜ベイスターズに入団した。1年目のシーズン途中からレギュラーをつかみ、25本塁打を放って不動のレギュラーになった。3年目には四番を任され、球界を代表するスラッガーへと成長していった。

そして高校以来、松坂との対戦が実現する。２００６年のセ・パ交流戦。横浜戦で西武・松坂は2試合に登板した。喜びをかみしめながら、打席に入った。マウンド上のライバルには、少し余裕を感じた。

「こっちはストレートかスライダーを待っているのに、大輔は緩いカーブを投げてきたりした。『くそー、遊ばれているな』と思ったよ。『お前には打たせないよ』みたいなメッセージを感じた。こっちも『いつか打ってやる』みたいな会話を、マウンドと打席で交わしていた感じだった」

松坂と対戦したこの2試合で、村田は8打数1安打。その1本のヒットが左中間席への豪快なホームランだった。感触は今でも忘れない。

「本塁打の場面は、たしか3点差で負けていた。真っすぐのタイミングで待っていたんだけど、カットボールだった。でも、ちょうどぴったりタイミングが合って、カーンって飛んでいった」

松坂世代同士の対戦は、見る者を魅了する。打者は、いつもよりスイングに力が入っている。投手の場合も、球速が2〜3キロ上がっているように見える。先発投手が投げ合う時は、自分が先にマウンドを降りるわけにはいかないという気迫も伝わってくる。

「同級生から打つと嬉しい。大輔だけではなく、（藤川）球児、（和田）毅から打っても嬉しい。大輔からは、ずっと1本打ちたいと思っていたから、メジャーに行く前に打ててよかった」

松坂世代の打者は、村田が世代を牽引していたと言っていい。本人にそのような自覚はあったのか。そんな疑問をぶつけてみた。

「ないない（笑）。なかったね。そういう意識よりも、プロに入ってからは自分の立ち位置を確立する方が大事だった。1年目が25本塁打だけど、打率は2割2分4厘。この先もレギュラーを獲るために、打率と守備力を上げなくてはいけなかった。プロ野球選手になるのが目標じゃなくて、一流の選手を目指していたから」

2007、08年には本塁打王のタイトルを獲得した村田は、チームが下位にいてもアーティストとしてスタジアムのファンを沸かせた。北京五輪やWBC日本代表メンバーにも選ばれ、松坂とともに世界一を目指して戦った。

その後の人生を大きく左右した日の丸を背負った戦い

この日の丸を背負った戦いが、村田のその後の人生を大きく左右した。

２００９年のＷＢＣは主軸として活躍したが、第2ラウンドの韓国戦の走塁中に右太もも裏の肉離れを起こし、途中で帰国。優勝の瞬間に立ち会うことができなかった。この時の出来事が２０１１年オフ、巨人へのＦＡ移籍につながっていた。

「最終的にシャンパンファイトができなかったことが、自分の中の悔いというか心残りだった。ベイスターズ在籍9年間で7回が最下位。5位と10ゲームぐらい離れた年もあった。目の前で胴上げされたこともあって『俺も胴上げがやりたい』と球団に相談した。そうしたら、球団としては親会社も変わるし、5年後を見据えてチーム編成をしたいみたいで、今の段階で来年優勝を目指すというのは難しい、と。優勝をしたいのだったら（他球団へ）出ていって構わないからという風に言われた。やっぱり優勝してみたかったし、横浜に育ててもらったという思いもある。横浜は別に嫌いじゃないし、好きな選手もいっぱいいた。これからの選手も多かったし、愛着はあったから」

村田は葛藤したが、環境への変化、新しい野球を求めた。北京五輪はブレーキとなり、メダルを逃した。WBCでは無念の途中帰国。だが、勝利至上主義ともいえる国を背負う戦いで、刺激的な時間を過ごした。勝たないといけないプレッシャーの中で野球をやって、優勝を狙える球団を選んだ。

「ジャイアンツを選んだけども（成績が）良かったら良いと言われるし、ダメなら叩かれる。そういう野球を経験することは自分にとってもプラスになるんじゃないかなと思った。もし、ベイスターズに残っていたら、まだ現役だったかもしれない。2000本安打が近くなっていたら、達成させてもらっていたかもしれない。ただそれに甘んじていたら、新しい野球に出会えなかった」

巨人に移籍してからの村田は、豪快な打撃よりもチームバッティングに徹する姿が多く見られた。以前より、考えて打席に入るようになっていたという。

「次につながないといけないという意識が強くなったから、周りから華麗といわれるゲッツーも多くなったけど、それは考えて打った結果だから仕方がないと割り切れた。右打ちをしたり、犠牲フライを打ったりする練習もした。それまでは『とりあえずホームランを狙う』みたいな〝お山の大将〟と言われればそれまでなんだけど、そんな感じだった。それでも、成績は右肩上がりだったし、それが優勝に向かっているのであれば、それはそれでよかった」

移籍1年目の2012年にはリーグ優勝、日本一にもなり、夢だったビールかけを堪能した。ベストナインにも選ばれた。移籍の決断は間違っていなかったと思う。

想定していなかった戦力外通告

その後もバッティングの壁にぶつかったが、新境地を開拓するために、真っ正面から野球に取り組んだ。例えば、1度バッティングがダメになった時「自分が一番悪いと思っていることをやってみよう」と試みて、ヒッチ（トップの位置から1度バットを下げて打つこと）をしたことがあった。

「自分の思い描く真逆のことをやってみようかな、みたいな。やってみたら『いけんじゃん！』って。バットの出が良くなった。それだけじゃなく、自分が決めたことには責任を取る気持ちで野球をやっていた。チームのミーティングと真逆でも自分が打ちたいボールを信じて打つというボールを決めた時は、ミーティングも聞くけれども、俺が狙うちにいった。それで叩かれれば辞めりゃいいと思っていたから」

交流戦で打順が九番になることもあった。途中交代、スタメン落ちも何度も味わった。それでも村田は覚悟を決め、巨人のユニフォームを着て戦い続けていた。

16年は143試合にフル出場し、25本塁打、81打点でチーム2冠。17年は代打出場も多かったが、118試合で打率2割6分2厘、14本塁打、58打点。チームが4位に終わったことで、巨人は若手への切り替えに移った。そこで村田は自由契約、つまり、戦力外通告をされた。

「昨年の開幕で（高橋由伸）監督から、マギーを使うと言われていた。自分も成績を残してきたんだけど、（マギーは）補強してきた選手だったからね。でも、いつかチャンスは来ると思いながらやっていた。規定打席には立っていないけど、最終的には最低限の仕事はできたと思っていた。だから（戦力外は）想定していなかった」

減額制限を超える年俸の提示ならば、いくらでも判子を押そうと思っていた。しかし、突きつけられた現実は非情なものだった。サードや右の代打が手薄な球団からのオファーを待った。3試合連続本塁打を放つなど、17年シーズンのプレーを見ていれば、手を挙げる球団が出てくるのは時間の問題だと私は思っていた。

「どこかからお誘いがあればいいと思っていたんだけど、やっぱり風貌だったり、自分が思っていることを周りに発信しないと気が済まなかったり。そういう部分があったのかもという反省はあるかな。（TVのコメントでベンチスタートは）暇ですと言ったこともあった。でも、それは一種の冗談として取ってくれればいいわけで……。あの発言がダメだったとか言ってくる人もいた。それも自分の中で想定外だった」

いつか来る〝その日〟を信じて続けた準備

村田は厳つい風貌や歯に衣着せぬ物言いで、強面のイメージが先行してしまうが、先輩、後輩からも慕われる温かい心の持ち主で、周りを和ませるジョークも言う。報道陣に対しても、誠意をもって対応するから愛されていた。野球にも真っすぐに向き合っていたから、改善点がチーム内にあれば思ったことをズバッと言ってきた。それが彼の良さだった。

「真面目に野球には取り組んできたつもり。(奇抜な)髪型のこととかもあったけど、当時、あまり取り上げられないベイスターズという球団で、注目を浴びたかった。逆転3ランを打って、その後に追いつかれて、最後は自分のサヨナラ弾で勝った試合があったんだけど、翌日のスポーツ紙の一面に載らなかったり、打てない巨人の負けが一面だったりした。『昨日、俺が一番頑張ったのにな……』と悔しい思いで見ていた。今はそんなベイスターズが、球団のビジョン通り(退団した)6年後にCS争い、日本シリーズに出るまでになったのを見ると、その戦略は正しかったと思う。注目されるようにもなって、ファンもすごく増えてよかった」

ただ純粋に、NPBで野球がやりたかった。しかし、村田にはそんなレッテルだけでなく、残り135本に迫った2000本安打の達成のために、起用しなくてはならないという懸念や、2度も本塁打王を獲った打者に〝代打専門〟でというオファーのしにくさなどがついてまわり、積極的に動く球団はなかった。

「巨人をクビになっているわけだから、みんなが気にしていた自分の立ち位置なんてどうでもよかった。もう少し獲りやすい選手だったらよかったのかな……。（オファーがなかったことを）甘んじて受け入れないといけない。でも、やってきたことに悔いはないから」

昨年10月から移籍先を探し、年を越えた。オフには、同級生の實松一成（日本ハム）や高校や大学の仲間が、NPB復帰のために練習を手伝いに来てくれた。2月のプロ野球キャンプインに近づいた頃、少しずつ寂しさが込み上げてきた。

「ああ、一人になっちゃうな。十何年もキャンプに行って、みんなで飯を食って、休み前に飲んで、また野球を頑張って……というサイクルがなくなったんだなと思うとね。2月はどうやって練習をしたらいいんだと不安になった。どこか誘ってくれるだろうと思っていた」

いつか来る〝その日〟を信じて準備をし続けたが、2月のキャンプが終わってもNPB球団からの声は届かなかった。

チームメートから愛された男

3月上旬、村田はルートインBCリーグ・栃木ゴールデンブレーブスでお世話になることを決めた。7月31日のトレード、新入団の移籍期限日までNPBからのオファーを待つことにした。

「こっち（栃木）のリーグが開幕した瞬間には、もう栃木のためにプレーをしようと思った。誘いがあってもなくてもまずは1試合、1打席ずつブレーブスのためにやろうと決めた」

初の自炊生活で新しいシーズンがスタートした。独立リーグは環境に恵まれているとは言い難い。滋賀と福井へ行った時は、バスに往復16時間も揺られて腰が悲鳴を上げたという。ボールは消耗品。プロならば新品がメーカーから用意されるが、独立リーグでは使い回し。皮が剥がれたボールにテーピングをしたり、ビニールテープを巻いたりして練習で使っていた。

「すごいバス移動とか、道具の大切さを感じることができて、本当によかったと思っている。将来、BCリーグで過ごしたこの1年を思い出すことがあると思う。挑戦してよかったなと言えるような1年になった。野球にもっと真剣に向き合うようになった」

村田のもとには巨人の先輩、阿部慎之助選手、後輩の坂本勇人選手ら多くの元同僚たちから、栃木の球団で使ってほしいと野球道具が送られてきた。ボール、バット、ウェア、打撃用手袋……プロ仕様の製品が数多く届いた。

「横浜の筒香（嘉智・DeNA）や、藤田一也（楽天）とかも持ってきてくれた。一緒に飯を食いに行っていた連中がそうやって連絡してきてくれて、すごくありがたかった。いろんな人のバットを見ることができたのは、栃木の若い選手たちにとってもためになった。これは筒香のだぞ、と言って使わせてみたら『このバットはちょっと……』と振れなかった」

栃木の選手にとって、プロのバットに直接触れることは、とてもいいモチベーションになっただろう。やはりプロの道具は、扱えるまでになるのはなかなか難しいようだ。

「筒香のバットは、ヘッドが（重くて）出てこない。だから『お前のスイングではまだ無理だ』ということを伝えた。でも『それを振り回せるようにならないと、プロの一軍では戦えないよ』とも言った。それが目標にもなる。みんないい経験ができたのかなと思う」

栃木の練習を見ていても、若手選手が村田にアドバイスを求めてきていた。それに身ぶり手ぶりを入れて、丁寧に教えていた。シートノックでミスをすれば声を上げて野次るが、村田がミスをすれば、反対にいじられもしていた。若手との距離はほとんどない。ここでも村田はチームメートから愛されていた。そんな男がなぜＮＰＢから声が掛からなかったのか、とても悔しい。

男の意地で放った本塁打

村田はＮＰＢの球団からいつ呼ばれてもいいように準備をしていたが、開幕直後にダッシュをした時に右太ももの筋膜炎を起こしてしまった。治った2週間後、内野ゴロを打って走り出した際、また同じところを痛めた。ＮＰＢ復帰を目指す村田にとっては痛い怪我だった。

「1回目はなんとかなる感じで公表しないでやっていたんだけど、2回目は『これは何かある』と自分でも思ったから公表しようと思った。球団は、俺にマイナスになるから公表しないと言ってくれたんだけど、『自分は言います』と返した」

村田はリハビリを続け、1日でも早い実戦復帰を目指した。5月11日からは古巣・巨人三軍との3連戦が組まれていた。このシリーズは記念試合として『男・村田祭り』と命名され、地元は盛り上がりを見せていた。

「球団が巨人戦に合わせて銘打ってくれていたので、ギリギリのところでやって、なんとか姿を見せたいと思っていた。怪我をしているのはみんな知っているし、打てなくても受け入れようと思っていた」

初戦は8回1死二、三塁に代打で登場し、サードゴロで打点1を挙げた。そして2戦目。1点を追う9回2死二塁から代打で登場すると、巨人の左腕・田中大輝投手の変化球を左中間席へ逆転2ラン。なんと移籍後の公式戦初本塁打を巨人から放った。男の意地にも見えた。そこに巨人への憎しみなどはなかったのだろうか。

「ないない。ブレーブスに所属して野球をやっている以上は、ブレーブスが勝つために、相手のチームを倒すということだけ。それはどこに所属していたって変わらないよ」

三軍は育成選手が中心のチームだ。自分よりも経験、技術のない選手が、NPBのユニフォームで戦っていることへの葛藤もなかったのか。

「それぞれ自分の立場があるからね。もし自分が背番号3ケタの育成で野球をやるとなると、チームに迷惑がかかる。上の支配下を目指す若い選手たちにとって、自分がそうなったら1枠が埋まることになる。チームにとってはプラスになるかもしれないけど、邪魔にだってなる。頭を下げて、是が非でも育成で獲ってくださいという気持ちにはなれなかったかな。NPBを目指す枠を（自分が）一つつぶすのは、自分の中では正しい野球の道ではない」

獲得してくれれば、チームの力になれる自信はある。でも、若手のチャンスをつぶしたくはない。年を重ねるにつれて、そういう気持ちが大きくなっていた。松坂もソフトバンクを去る時に、育成選手契約を打診されて丁重に断っているのだが、村田と同じ理由だった。

野球を教えることの楽しさ

チームが変わっても、巨人の若い選手から質問される姿もあった。横浜、巨人時代にはなかった感情が少しずつ芽生えていた。

「巨人戦で打ったけど、彼らも俺を全力で抑えようと向かってきたはずだし、本塁打を打たれた田中は翌日、『あの時、打席でどういう感じで待っていたんですか?』と聞きに来た。栃木の選手たちもそう。上から目線になって申し訳ないけど、間近で自分のことを見られたのはよかったと思う。抑えれば自信になるし、打たれれば今度の対戦では抑えたいという目標にもなる。そういう意味でも、BCリーグで試合ができてよかったなと思う」

これも、村田が求めていた「新しい野球」の一つだったのかもしれない。栃木では、教えることの楽しさも気づかせてくれた。

「一回り以上も違う年齢の選手たちと、顔を合わせて野球をやるのは新鮮で楽しかった。若い選手はこんなに伸びるんだという驚きもあった。打撃練習で詰まっていた選手に、いろいろ話をしながら一緒に取り組んでいたら、150キロの真っすぐを捉えてホームランを打てるようになった。コーチという立ち位置ではないんだけど、（自分が）教えたことができるようになったり、話をしたりしているうちに、野球を教えることも面白いのかな、と移籍期限が近づくにつれて芽生えてきた」

教えることへの面白みを感じてくると、生活にも変化が出てきて、本を読むようになったという。経営コンサルタントの会社社長の著書など、トップに立つ人間の考え方を知りたくなった。

「上から『やれ！』と命令してはいけないとか、目標を立てる時は単に口で言うのではなく、紙に書いた方がいいとか、ルールを破れば社長も始末書を書くとか。頭ごなしに言う指導者は野球界でもいるし、見てきた。そういう人にはなりたくないなと思えたし、勉強になるね。本とかを読む人じゃなかったのに……」

巨人時代の村田なら、そのような本があっても手を伸ばさなかったかもしれない。栃木という場所は野球人・村田を大きく変えた。

9月28日、村田が所属した巨人‐横浜ＤｅＮＡの試合前にも引退セレモニーが行われ、愛弟子で背番号25の後継者でもある巨人・岡本和真、横浜ＤｅＮＡの筒香から花束を贈られた。日本を代表する二人のスラッガーは村田に憧れ、追いかけ、四番の座を射止めた。今、ともにチームの中心にいる。

「ずっと若い選手に目標とされる人でありたい、と思っていたから嬉しいんだけど、二人に一つ言いたいのは、一緒にいる時にもっと頑張ってほしかった（笑）。自分がいなくなる前に、一緒にクリーンアップを打ちたかった。（今、二人に）成績が残っているのは、自分で考えて野球をやっているから出ている結果だと思う。25番が彼らの数字になっていけばいい」

背番号25への思い入れの裏にある反骨心

村田の25番への思い入れは強い。私は話を聞くまで、村田が背番号25になったのは、日大時代に大学の首脳陣が、青山学院大・井口さんの持つ東都大学リーグの本塁打記録24本を超えてほしいと願いを込めて、日大の2年生の時に授けたと思っていたが、そうではなかった。

「日大ではそれまで、25番をつけた選手はスカウトから注目されることはあっても、プロには行けないみたいな話があった。自分が1年生の時、25番をつけていた4年生の先輩は、全日本に選ばれるくらいの選手だったけど、プロには行けずに引退した。だったら俺がつけたる！　って。1年の時は1ケタをつけていたけど、好きじゃなかったし」

性格的に、「難しいよ」と言われると燃えるタイプなのだろう。村田という男は反骨心を常に持ち合わせ、逆境に強かった。横浜時代には、最下位のチームでも意地をなんとか見せて、本塁打をかっとばしてきた。

巨人時代には、原辰徳監督が厳しい言葉で村田を鼓舞した。試合途中に強制帰宅を命じられたこともあった。その後の反発心や反骨心に期待していた気がする。

「原さんに怒られると『この野郎！』っていう気持ちになって、結果を出してきた。そういう自分を見越して、原さんは使ってくれていたんだと思う。俺を叱るとチームが締まる、という部分もあったのかな。嬉しくはないし、気持ちいいわけでもない。本当は褒められて伸びたいタイプ、けなされてシュンとしたくないタイプだから（笑）。今思えば、そういう見極めが原さんは上手だったんだと思う」

逆境をはねのけて、戦い続けてきた。だからこそ、最後の最後まで望みを捨てずにBCリーグで野球をしてきた。しかし、願いは叶わなかった。まだプレーできたのではないか。来年、フロントや首脳陣の体制が変われば、キャンプ前に声が掛かる可能性だってあったはずだ。それでも村田は引退を決断した。

「もし、ＮＰＢに自分が所属していて二軍とかにいるのであれば、辞める選択肢はなかった。俺の方が、まだ今やっている選手たちよりはできるんじゃないかな、とは正直思う部分はあるよ。でも、誘われなかった。それを受け止めて前に進むしかない。ＢＣリーグはベースボール・チャレンジ・リーグ。やっぱり、上にチャレンジしていく気持ちがある選手たちしかやったらダメ。そういう意味では、ＮＰＢ復帰が可能な期限の7月31日で自分のチャレンジは終わった。諦めるわけじゃなく、前に進むための決断であることを知ってほしい」

今年も、サードのレギュラーが固定されていないチームは多くあった。それでも、獲得オファーがなかった現実を受け止めないと、自分らしくないという考えだ。

息子たちに負けない力強い一歩を踏み出すために

いつも覚悟を持って、退路を断って戦ってきた。いつまでも、だらだらした気持ちで野球をやるのは、自分自身の生き方として納得がいかないのだ。何にもない状態でオファーを待つことは、家族にも迷惑をかける。

「家族にも支えられて、野球をやらせてもらった。ＦＡする時も、優勝するところが見たいという家族がいたから、自分の気持ちも当てはまって巨人に行って優勝することができた。ハワイへの優勝旅行に行っている時にはものすごく嬉しそうだった。そういう息子たちを見て、優勝ができてよかったなと思ったし、一人ではそこにはたどりつけなかった」

　横浜時代からプレーの支えになっていたのは長男・閏哉（じゅんや）君の存在だった。２００６年に誕生した長男は早産で、生まれた直後は７１２グラムだったが力強く育った。引退試合ではスタンドから声援を送り、花束を手渡す姿もあった。

　村田は新生児医療を支援するために、ＮＩＣＵ（重症の新生児・未熟児を治療する施設）へシーズンの成績を反映させ、寄付も続けてきた。前を向いて生きる長男の姿に刺激を受け、本塁打を放ってきたのだ。たくましく生きることを示してきた父親としては、子供たちにいつまでも煮え切らない姿を見せるわけにはいかない。引退を決断したのは、息子たちに負けない力強い一歩を踏み出す必要があったことも背景にある。

　引退を惜しむ声がたくさんあったことは耳に届いている。松坂世代で誰も到達していない名球会入り、通算２０００本安打達成までは、残り１３５本だった。私たちの世代で狙えるのは松坂の２００勝、藤川の２５０セーブ、村田の２０００本安打と、３人くらいしかいないと思っていた。村田自身もその数字にこだわった時期もあった。

「その数字を達成するために、プロ野球に入ってきたわけではない。まだやりたいのは山々だけれども、プロ野球は『やりたい』『やれる』だけでできる世界ではないから。自由契約になって辞めていった選手はいっぱいいる。人を納得させるために野球をやっているわけじゃないし、自分が納得して辞められるのであれば、それでいいんじゃないかな。それに、心技体と言うけれども、やっぱり心が一番大切。気持ちがちょっとついていかなくなると、体も動かなくなってくる」

松坂もリハビリを続けていた時、肉体的には厳しいが、まだ心が折れていなかったから、なんとかつながっていた。その心も折れてしまったら、本当に引退する時と話していたことがある。

「来年の誘いがこのオフにあったとしても、また1月から自主トレで動き始めて、キャンプで体を作って、オープン戦に出て、開幕を迎えて、週に6回野球をして、残り135本のヒットを打つということが、この1年のブランクがある中で、精神的に耐えきれるのかなというのはちょっと疑問符がついた」

20年前と変わらぬ松坂を倒したいという感情

様々な葛藤の中で、村田は決断を下した。力を残して、辞める。野球界はこれでいいのか？　という思いも私にはあるが、村田がもう吹っ切れていて、次の道へ視線を向けているのであれば、心から応援をしたい。

「(自分はプロで) 成功したと胸を張って言えるし、一流だったと言えると思う。今、持っている技術を誰かにあげられるならあげたいよね (笑)。栃木の誰かがプロに行って、『俺は (村田の分の) 135本のヒットを打ちに来ました』と、ドラフト会議の指名後に言ってくれるような選手が一人でも出てくることを望んで、次に進もうかなと思う。栃木での1シーズンは本当に楽しかった」

こうして、世代の最強スラッガーが現役生活にピリオドを打った。松坂世代に生まれてよかったか？　そう村田に尋ねると「よかった」と即答だった。

「この世代じゃなかったら、〝野手・村田〟になってなかった。野手としてここまでやらせてもらえたのは、同級生がどの球団でも頑張ってくれていたから。話ができる同級生がいて楽しかったし、その連中から打つのを目標にもして、ずっとやってきた。野手・村田をいろんなピッチャーが育ててくれた」

松坂大輔と出会わなかったら、村田の人生は大きく変わっていた。人生を変えたライバルが一線で頑張ってきてくれたから、自分も〝一流〟になれた。

今季、松坂が中日で復活する姿に、村田も力をもらった一人だ。

「大輔が中日に決まった時、嬉しかった。アイツを追いかけてみんなやってきた。もう一回対戦して、また本塁打の感触を味わいたいなという目標は、多少なりともあった。ベテランのピッチングにはなっているけど、もがきながらずっとやっている姿を見て、モチベーションは上がった。大輔には1年でも長く、1日でも長くユニフォームを着て、辞めていった人たちの分までやってくれたらいいな。納得がいくまでプロ野球の世界でやってほしい」

次のステージへと歩き出した村田は、指導者への思いを強くしていた。松坂もいつかは監督、コーチになっていくだろう。

「NPBに帰れるのであれば、大輔と今度はベンチワークで、また勝負することも楽しくなってくるんじゃないかな。采配しながら『クソッ！　大輔め！　采配でも負けねえぞ！』みたいな。いつかやってみたいね」

反骨心をむき出しに、野球に正面から向き合ってきた。村田の豪快なホームランを、もう見ることができないのは寂しい。

しかし、その後巨人からファーム打撃コーチのオファーを受け、指導者としてのスタートを切ることとなった。すでに、村田の胸の中には新たな戦いの火が灯っている。松坂を倒したいという感情は、相対した20年前と何も変わることはない。お互いが指導者になった時の全力のぶつかり合いを、また私は見届けたい。

第4章

藤川球児

他とは一線を画す
松坂大輔との距離感

松坂にとっても特別な存在の男

松坂大輔の今季11登板のうち、6試合が阪神戦だった。藤川球児はベンチやブルペンなどで、その投球を見つめていた。松坂の今季6勝のうち、チームとしては4勝も献上してしまい不本意な部分はあるものの、友としてはほっと胸をなでおろしていた。今年、再び前に進み始めた松坂の投球を、一番長く近くで見ていた同世代の選手だった。

「大輔が復活したとは言わないよ。これくらいは普通でしょう。良い球も増えているし、球速も145キロくらいまで上がってきている。この前も『やっぱり、これを継続しないとダメ。やり続けないといけない』と言っていたから、この先まだ状態は上がっていくと思うよ」

復活劇は、まだ序章にすぎない。来年も阪神にとっては、厄介な相手となりそうだ。

松坂に明るい兆しが戻ったきっかけは、私は藤川にあると思っている。中日のキャンプ地・北谷町と阪神のキャンプ地・宜野座が近かったため、今年の2月に休養日を利用し、二人と一緒にゴルフをした。同級生同士、リラックスしながらラウンドしたが、ときどき野球やトレーニングの話題にもなった。

　これまで松坂を交えて、多くの同世代と食事をしたりしたが、藤川と松坂の距離感は他の選手とは全く違う。藤川は松坂に言いたいことを言うし、遠慮などはしない。自分のやっている練習方法を勧めたり、良かれと思う技術的なことを教えたりもしていた。同級生なのだから当たり前だと思う人もいるだろうが、同じプロ野球の世界にいても、別格の松坂に対して、多少の距離を取るというか、遠慮気味に接している選手がほとんどだ。どちらかといえば、私や一般企業で働く〝プロ野球選手になれなかった〟同級生たちの方が、距離感は近いのではないだろうか。

　ゴルフでも食事の席でも、藤川は自分の意見をどんどん言っていた。それを聞く松坂は納得した顔で頷いている。あまり見たことのない同級生の光景だった。中でも、藤川が松坂を諭していた言葉が印象に残っている。

「オシャレな格好をしたり、人目を気にしたりするような仕草とかしているけど、もうちょっと肩の力を抜いたらどう？　野球するのもそうだし、生きていくのもそう。個室のある高級店に行かなくても、安くて美味い店はいっぱいあるし、堂々と食べたらいいんじゃないの？」

　長年、松坂を近くで見てきたから思えるのだが、あの一言で彼は救われたはずだ。張り詰めていた気持ちが緩み、すごく楽になったと思う。今までそんなことを言う人間はいなかったし、言おうとする人間もいなかった。慣れないセ・リーグという環境で、近くに心を許せる友がいた。沖縄で藤川と一緒に過ごした時間は、今年の松坂の成績に少なからず好影響をもたらしたと思っている。

「2014年くらいから大輔と人間関係が始まった頃は、アメリカで食事をしながら『注目され続けて、ずっと大変なんちゃう?』って聞いた気がする。もちろん、大輔の投手としての力は自分より全然、上。それでも、いろんな野球の話をしたかな。全部、俺がいろいろ言っている。会った時は、いつもそんな感じで時間は進んでいく」

松坂にとっても、藤川の存在は特別のようだ。「いろんな意見を言ってきてくれる同級生は、藤川球児くらいじゃない?」と聞くと「そう言われると、そうだな。球児は少し違うな」と返ってきた。なかなか接点のなかった二人が、今、プロ野球界で切磋琢磨している。

高2夏で甲子園に出場し秋に退部届を提出

藤川は、松坂よりも先に全国区になった投手だった。

1997年の高校2年生の夏。高知商(高知)の藤川球児は兄・順一さんと史上3組目の兄弟バッテリーとして甲子園に出場し、注目を集めた。初戦の旭川大（北海道）戦では4回からリリーフ登板し、6イニングを無失点で勝利に導いた。2回戦で準優勝となる京都・平安（現・龍谷大平安）に敗れたが、8回を投げて自責点1、10奪三振の好投。夏の甲子園後は、2年生ながら高校日本代表に選出され、ブラジル遠征にも参加していた。

新チームになってからも、エースとして秋の高知大会を制し、四国大会へ進んだ。しかし、1回戦で愛媛の宇和島東に2－10と大敗。翌年のセンバツは絶望的となった。

藤川はこの時、野球を辞めようとしていた。

「秋の大会で負けた責任を、俺だけに押しつけられて『やってられへん』と思って退部届を出した。兄弟バッテリーで甲子園に出るという夢も叶ったし、兄貴が引退して目標もなくなった」

その後、兄の順一さんが、プロからドラフトで指名がかかるかもしれないという話が出て、兄弟でプロ野球選手になるという新しい目標が見つかった。また、突然の退部で仲間に対して申し訳ない気持ちもずっとあったため、野球部へ戻ることになったが、この頃から、好きな野球が楽しめなくなったら辞める、という覚悟を持っていた。

四国大会は県内のライバル・明徳義塾（高知）が優勝、明治神宮大会に進んだ。同い年のプロ注目左腕・寺本四郎（元・ロッテ）とは普段から仲が良かったため、明徳義塾が高知に戻ってきてから「神宮大会ですごいやつらがいた」と本人から聞いた。沖縄水産の新垣と横浜の松坂だった。

「2年夏の甲子園に出ていた時は、二人の存在は知らなかった。『それ、誰なん?』くらいな感じ。150キロが出ると聞いたけど、今みたいに映像をすぐ見られる環境じゃない。大輔のピッチングを見たのは春の甲子園が最初だったかな。初めて見た時は、おじさんだと思った（笑）。もう高校生が投げている感じがしなかった。怪物だった。子供の時に見た甲子園では、高校生が大人に見えたけど、そんな感じ。大きなお兄ちゃんが甲子園で投げているみたいな、そのくらい年齢差を感じた」

当時は藤川、明徳義塾の寺本、高知の土居龍太郎（元・横浜）は〝四国3羽ガラス〟と呼ばれ、スカウトの目を集めるほど高いレベルにいた。そんな好投手たちから見ても、テレビの向こうの松坂のボールは別次元だったという。

「馬力で投げるんじゃなくて、背筋力を使い、ムチのようにしなってバーンと投げるフォームは、本当にすごかった。当時のプロフィールに俺は67キロで、大輔は78キロと書いてあった。体も大きかった。怪物っていうのはこういうのを言うんだなと思った」

「球児」という名前から逃れられない現実

迎えた3年の最後の夏。プロ上位候補といわれた藤川は、高知県大会準決勝で高知に1－3で敗れ、2年連続出場を逃した。

「その年、春も夏も甲子園に出ていないし、日本代表にも選ばれていない。俺はみんなとは考え方は別で、ずっと自分の道を一人で突き進んで行くものと思っていたからプロになったけど、俺はたまたま松坂世代になったという認識。みんなは大輔と日本代表とかで一つしかないマウンドやエースの座を競って、負けているから（松坂のことを）見上げるしかない。俺はその（松坂と競って負ける）きっかけが一切なかった。だから今は、普通の友人として付き合っている。周りが言う距離感なんてものは、知らん（笑）」

藤川は、高校時代の松坂のすごさを身近で感じてはいないから、特別な意識を持っていない。松坂への見方は、この本で取材した他の8人とは大きく違う。

松坂のフォームや仕草を真似することもなく、影響されることもなく、自分の道を突き進んだ。ブレない自分を持っている藤川のような性格なら、松坂に頼らない方法を取るのは自然だし、だからこそ結果的に成功したのだろう。

20年前の夏の甲子園の映像を、藤川は1度も見ていないという。自分も2年続けて甲子園に出場したかった、という思いはなかったのだろうか？

「全く思わない。だって負けたんだから。出たいと思うんだったら、やっとかなきゃいけない。自分のやってきたことに後悔はしないようにしている。俺は部活としての野球を楽しんでいる感じだったから、夏休みは遊んでいた。大輔の夏の投球も見ていない」

藤川は、自分の人生に「もしも」や「たられば」はないと言い切る。架空の話も嫌う。目の前の現実しか受け入れない。導かれた運命に従うのが、彼の生き様だった。

そういう意味では、〝球児〟という名前がついた現実からも、逃れることはできなかった。

「だって、名前が球児だからね」

背伸びをせず、正面から自分自身に向き合う人生は生まれた時から始まっていた。藤川が誕生する前日の１９８０年7月20日。藤川の父が草野球でマウンドに立ち、ノーヒットノーランを達成。〝縁起が良い〟と気分を良くした父から〝球児〟と命名されたという。そう名付けられたが、野球ではなくサッカーなど他のスポーツに興味を持ってもおかしくはない。

「そこから道が外れないというか、レールというものは敷かれていたんだなと思う。どれだけ自分が違う道に行こうとしても、名前が球児やからどうしようもない。今は、俺は幸せ者だなと思えるようになった。野球という道しか歩けないんだから」

名は体を表す。私も取材で歌舞伎役者の話を聞いたことがあるが、歌舞伎の世界にも同じようなことがある。その名前を持つことによって、敷かれたレールから逃れることができなくなる。歌舞伎役者もどこかで一回、道から逸れそうになったりするが、結局は元の道に戻る。運命に引き寄せられる。

「甲子園球児から取って、俺の名は球児となった。その甲子園で、高校時代も今も投げている。日本を離れ、アメリカまで行ったけど、2か月で怪我をして、メジャーの球場では活躍ができなかった。やっぱり俺は、甲子園でしか活躍ができないのか、とまで思った。日本に戻ってきて、今はまた阪神にいる。帰国後は大きな怪我なく投げられている。不思議だわ。逃げようとは思っていないけど、目の前の現実から逃げられないんやなと思った。だから今は赴くままに、自然にやることを心がけている」

火の玉ストレート誕生までの経緯

名前に導かれたプロ野球人生の幕開けとなった、1998年のドラフト会議。松坂は西武、藤川は阪神からドラフト1位指名を受けた。入団した高卒投手のドラ1はこの二人だけだったため、藤川はメディアから松坂と比較されることもあった。

「プロに入った時は（松坂を）意識しようと思ったけれど、大きな実力差があったし、どんどん開く一方。大輔は1年目から、もう一軍で活躍していたし、16勝もしてイチローさん（マリナーズ）とも対戦している。自分は二軍で体力作り。気にはなっていたけど、もう大輔と比べようとも思わなくなったし、届くとも思ってなかった」

藤川は2年目に一軍登板を果たしたが、その後はずっと二軍での生活が続いた。先発しても長いイニングが持たず、中盤に失点を繰り返していたため、スタミナが課題とされていた。一時は戦力外の危機にまで追い込まれたこともあった。

しかし、当時の岡田彰布二軍監督にリリーフのポジションを与えられると才能が開花。6年目の04年シーズン途中から一軍に定着し、05年には80試合に登板。最優秀中継ぎのタイトルを獲得した。

「先発をやってうまくいかなかった投手が、リリーフに転向すると球が速くなったりする場合がある。メジャーでもトレードされた先発投手が、リリーフにまわって芽が出るということを何度も見てきた」

長いイニングを投げる先発投手と違い、役割を確立された中継ぎはスタミナの〝リミッター〟を外すことができるため、短いイニングで全力を注ぐことができるし、データにないボールを投げたりすれば、打者を翻弄することもできる。岡田監督は藤川の強みを最大限に生かすポジションを授けた。

　私は藤川の〝火の玉ストレート〟と称される直球が、松坂世代の投手の中で一番素晴らしいボールだと思っている。本人が、一番快感を得ているんじゃないだろうか。

「どうかな～（笑）。ただ、杉内から引退する時に連絡が来た。『ジェラシーが一つだけある。球児のそのストレート』と言われた。あんないいスライダーを持っていて、よう言うわな。人はないものをねだる。リリーフは完投、完全試合やノーヒットノーランの喜びもないんだから、面白さはないよ」

　藤川の代名詞であるホップする火の玉ストレート。誕生までの経緯は私だけでなく、同世代の投手たちも興味を持っていた。勝負球誕生の裏にあったのは、安易に変化球に頼らない、習得に走らないこと。ストレートへの自信を深めることだった。

「自分ではそんなにストレートがすごいとは思わなかったけれども、清原（和博　当時・巨人）さんからもらった一言が、すべてだった。変化球で空振り三振を奪った後、清原さんが『もっとストレートを投げろよ』みたいな話を捕手の矢野（燿大　現・阪神監督）さんに言われていて。そういうことを言ってもらえてよかったと思う。よりストレートに対して強い意識を持って、投げるようになった。そうしたらボールがバットに当たらなくなった」

　その後、藤川がストレートで清原さんを抑えて、「今まで見てきた中で一番のストレートや」と言った時、私は鳥肌が立ったし、ちゃんと答える清原さんもすごいなと思った。「俺は期待をしていたから、お前に言ったんだよ」ということが伝わってきた。

メジャー決断の裏にあった松坂の存在

優勝した2005年。ジェフ・ウィリアムス、藤川、久保田智之の頭文字をとった「JFK」の3人が最強のリリーフ陣を形成。公式戦で3人が同じ試合に投げた時は、39勝6敗4分の勝率8割6分7厘と、見事なまでの成績を残した。リリーフの地位を高め、球界は投手分業制が当たり前になった。

2007年には、当時のプロ野球記録となる46セーブで最優秀救援投手となり、11年も41セーブで同タイトルを獲得した。日本で通算220セーブを挙げた藤川は、2012年オフに海外FA権を行使してアメリカへ渡った。メジャー志向だったわけではなく、決断には松坂の存在が大きく関わっていた。

「やっぱり、大輔や。自分にもそういう風になれるチャンスがあるんじゃないかと思った。大輔が行って、イチローさんもいる。野茂英雄さんが行った時のように、アメリカの野球で日本の選手が通用するというか、日本人が重要な位置を占めるようになってきていたから、行きたいなと思った。日本の良い選手がどんどん抜けていって、ワクワクする対戦がなくなってしまったし、アメリカに行けばそういうバッターがいるんじゃないかと」

カブスと2年総額950万ドル、当時のレートだと約7億8000万円で契約した。藤川はデビュー戦となったパイレーツとの開幕戦で、いきなり初セーブを挙げる好スタート。初勝利もマークしたが、6月にトミー・ジョン手術を受けた。

「職業病というか、手術のお知らせか何か知らないけど、少し前からあった。起床してすぐに、腕の感覚がなくなることが何度もあったし、痺れていて自分の腕ではないような感じだった。時間が経つと力が入ってくる、という不思議な感覚。もうガタが来ていたんやと思う。神経の症状みたいなのが出てた」

苦しいリハビリを経て、翌年に復帰したが、15試合の登板で防御率は4・85。カブスからFAとなった。

「メジャー移籍当初は打たれたし、スピードも出なかった。バッターのことを知らないから、かわせなかったたし、かわしたつもりが衝突（打者にタイミングを合わされること）したりもした。対戦していくごとにだんだんわかってきたんだけど……。もうカブスで終わって引退するつもりだった。自分が登りたいと思って登って、ダメだったんだから」

メジャー時代の不遇の真相

カブスをFAになった後、ヤンキースからオファーがあり、ピンストライプの一員になれる可能性があった。契約目前だったが、MRI検査後、右肘にチェックが入り、話が白紙になってしまった。

「ニューヨークでコーヒーを飲みながら、代理人からその話を聞いて、担当のスカウトも申し訳なさそうな顔をして謝ってきた。でも、俺はもう辞めるつもりだったから、大丈夫だよと返した。現役を辞めて、旅行にでも行こうと思っていた。そうしたら代理人から少し時間が欲しいと言われて……」

代理人は、すぐ交渉に動き、1週間後にヤンキースよりも高い金額で、当時ダルビッシュ有投手のいたレンジャーズからのオファーを持ってきた。しかし、藤川は気が乗らなかった。実は、カブスで白人から人種差別とも取れる不遇を受けていたからだった。メジャーは、本当に自分がやりたいと思える環境ではなかった。

藤川は人間不振に陥りかけていたが、自分がチームから必要とされているなら、と考え直してレンジャーズと1年契約を結んだ。しかし、待っていたのはカブスの時と同じような扱いだった。

「オープン戦でずっと抑えていて、開幕直前で少し内転筋を痛めたけど、無事に投げられるまで回復して、マダックス投手コーチからも『やっていけるな！』と言われ、開幕ロースター入りを確信して握手をした」

しかし、事態は急転する。藤川はレンジャーズのＧＭと監督から呼ばれ、「まだ足が治ってない。他の若い投手を使いたい」と契約上にはないマイナースタートを命じられた。マイナーの３Ａで1～2試合を投げ、状況を見てから登録を決めたいと言われた。メジャー契約でも登録から外せる故障者リストという形で処理された。

「こんなことがあるの？　と思いながら『いいよ』と了承するしかなかった。そうしたら、そのまま30日が経った。そんなこと、普通はあり得ない。マイナーで投げていても、普通1試合、２試合登板をしたら上に戻る。でも、連絡が全くない。何も知らされていない３Ａの監督とピッチングコーチが『フジ、何が起こっているんだ？　なぜ、呼ばれない？』と不思議がっていたほど」

後に、人種差別発言で球界から追放されたカブスの投手コーチが、藤川のカブス時代の不遇、このレンジャーズでの一件に関わっていたことを耳にした。

「こんなのは野球じゃない。俺はもう辞める」

大好きな野球が嫌いになりかけた。もう腹をくくった。

見返してやるというプライドから引退を撤回

事態を重く見たチームは、藤川をマイナーから上げ、2試合登板させた。1試合目は無失点に抑えたが、2試合目はベンチの指示で死球を当てた後、次の打者に本塁打を浴びるなど、3失点。メジャー40人枠から外すことを意味するDFAにかけられ、ウェーバー公示された。つまり自由契約だ。打たれて防御率を悪くしてから自由契約となれば、印象は良くないため他球団は獲得しにくくなる。藤川にとって苦しい時間だった。

「もう、そういう扱いになりそうなのはわかっていた。もう最後やから、GMたちにも『機会を与えてくれてありがとう』と別れた」

大人の対応をして、チームを去った。藤川はこうして、ひっそりと現役を終えようとしていた。日本の誰とも連絡は取っておらず、ロスの自宅へ戻ってゆっくりした後に、子供と夏休みを一緒に過ごそうと日本への一時帰国を考えていた。代理人から、また別のメジャー球団からの獲得オファーをもらったが、続ける意思がないことを伝えた。

「もう嫌。もう、日本に帰って遊びますっていう気持ちになった。こんな野球、面白くない。嫁さんにも『引退する』と伝えた」

目を疑ったのは、日本の在阪メディアの報道だった。〝藤川　タイガース復帰〟と報じられた。

「俺は戻る気がなかった。何回も言っているけれども、もう辞めるつもりだったから。腹立ったのが、阪神に入るという部分だけじゃなく、藤川は投げられないとか、140キロのスピードが出ないんじゃないかとか勝手な憶測が飛んでいた。途中からだんだん、それでも戻りたいならどうぞ、みたいな論調になっていった」

辞めるつもりだったが、この臆測をすべて吹き飛ばそうと、もう1度マウンドに立つことを決意する。それも阪神ではないところで。なんとも皮肉な話だが、このような臆測の記事、報道で藤川に刺激を与えていなかったら、とっくに現役を辞めていたかもしれない。

「独立リーグの四国アイランドリーグで、兄貴がGMをやっていたから、兄貴に『俺は腹が立つからやろうかなと思う』と電話した。地元の高知でやれば、子供たちのためにもなると思ったし、先発調整で自分の登板日に合わせて試合に行く形にしてもらえば、自分のペースでできる。本当は野球をやりたくないけど、ここで折れるわけにはいかなかった」

見返してやる、というプライドの方が上回った。「戻りたければどうぞ」という報道が、本当に阪神球団の意向だったとしたら、普通そう言われた選手は傷つくだろう。

藤川は高知ファイティングドッグスで1年プレーした後、2016年、阪神に復帰した。新監督に就任した金本知憲さん（当時）が、すぐに熱意を持って藤川にラブコールを送ったからだった。思いは伝わり、再び藤川は甲子園のマウンドに帰ってきた。

名球会入りの数字が目標ではない

「辞める」と言い続けながら、藤川は現役を続けている。同級生たちの多くが今年引退を迎え、投手なら200勝、打者ならば2000本安打に届かなかったことへの無念さをにじませていた。阪神のベテラン投手となった今、藤川は引き際をどのように考えているのだろうか。

「怖いものはない。人に迷惑をかけない人生を送るというのが大前提にあるから、それができなければ辞めないといけない。チームに迷惑をかけてまでベンチに座ったり、無駄に選手の登録枠を取ってしまったりすることは悪でしかない。そういうベテラン選手を見てきたから。自分はそうは絶対なりたくない」

藤川は日米通算227セーブ。名球会入りの250セーブまで、あと少しのところまで来ている。村田や杉内が名球会入りへの記録到達に意欲を見せていたが、志半ばでユニフォームを脱いだ。しかし、ここでも藤川は人とは違う価値観を持っていた。

「村田が『2000本安打を打てたかもしれない』と言っていたけど、だったら、独立リーグのヒットを加算して打てばいいと俺は思うな。自分でカウントすればいい」

もちろん、名球会入りの条件に独立リーグの記録は加算されない。200勝なら松坂、2000本安打なら村田が、世代の中で最も近い選手と言われてきて、その大台の数字が見えてくると意識してしまうものだが、藤川はそこを見ていない。

「（基準の）200勝、2000本とか250セーブ、それは人が決めたこと。自分の幸せを人に決められているみたいな感じがする。それって、俺にとっては目標の数字にはならない。だけれども、目指している人、達成した人には素晴らしい選手たちが名を連ねているから、リスペクトはしている。けれども、あくまで俺にとっては、そこに意味も価値も持たない。俺は日本を出る前から220セーブぐらいあったから、名球会に入りたかったら、日本に残っていただろうしね」

チームの主力選手だったとしても、名球会入りの数字が目前になる頃には年長になり、控えや二軍暮らしになるなどチームで置かれる立場は変わっていく。いろんなことに腹が立つだろうし、苦しいだろう。人間だから、それが態度に出てしまうこともある。その数字を追うことが、果たして幸せなのだろうかと考えている。あくまでも自分はそこに囚われることはまずない、と断言する。

「だったら、チーム内でプレーしやすい環境を作って、みんなが向上するような仕事をしたい。俺は一番大変な役割をやろうと思っている。だから、みんなに力があれば、そんなに重要な仕事は自分に来ないし、周りの調子が悪ければ、自分に大変なところがまわってくる。それでいいと思っている」

同学年の打者と食事に行かない理由

数字ではなく、仲間との野球を楽しみ、そこに意味を持たせる。野球をやる上で小さい頃から変わらない信念だった。

「先日、（9月1日のDeNA戦で）通算700試合登板で、球団記録になった。けれども、何の意味もないし、何の興味もないと言った。俺は小学校の頃から投げているんだから、そこからカウントしてくれよ、と思う。偉そうに言っているわけではなくて、自分の生き方の方向性を、数字だけで勝手に決めないでほしい。だって、すごい数字を残した人は、みんな人間性も素晴らしいのか。数字はそうでもないけれども、後輩に慕われて、その後輩たちがものすごい成績を残すような人だっている。だったら、その人の価値というのはどう評価してもらえるの？」

藤川は、モノを見る〝定規〟が人とは違うということだ。

枠には囚われず、好きなことをするというのが藤川のスタンスだ。野球を仕事として考えているのではなく、自分が楽しむものとして見ている。だからこそ、引退するのが怖くはないし、引退後にプロ野球界にしがみつこうとも思っていない。

「杉内が、引退してからバイクの免許を取りたいと言っていたけど、俺は30歳の時にバイクの免許を取った。プロ野球選手である自分の感覚が、だんだん世間とずれていっているのを感じたから。野球選手をやっていることが苦しくなって、『こんなの、俺がやりたかった人生じゃない』と思ってしまった。1度しかない人生だから、やりたいことを、人に迷惑をかけない範囲で全部やりたい、と思った。例えば、野球を辞めて、コーチの打診が来たとする。それを受けると、誰かの仕事を奪って仕事をすることになるかもしれない。そんなことに何の魅力も感じない。それを仕事としてやらなきゃいけない人が、いるはずだから」

引退後は、夫人と5年から10年かけて世界旅行をすることも計画しているし、海外で飲食店を経営してみたいなどの夢も描いている。

「結果が出なかったら、もちろん辞めるつもり。リリーフだと、同じ打者とは年間で平均して2、3回しか対戦しない。多い打者だと年に6回くらいあるけど、その3回の対戦で、3回とも打たれる可能性があるな、と感じた時は引き時かなと思う。1チームで二人ぐらい、2回やられる時がある。けれど3回はまだない。俺たちリリーフの仕事は逃げられないし、勝負をしにいかないといけないから、打たれたら辞めないといけない。この役目を果たさないと、自分に嘘をつくことになる」

藤川の立場は、チームの生き死にがかかっている。譲れない聖域がある。他に、こうも言っていた。

「(他球団の)同学年の打者から、よく食事に行こうと誘われることもあったけど、行かなかった。その理由は、お互いがマウンドとバッターボックスに立って相対した時の、新鮮さが失われてしまうから。そこでの駆け引きや緊張感、高揚感は、酒を一緒に飲むより美味しいぞと思うから」

藤川は、ポリシーをここまで貫いている。一緒に酒を酌み交わすのは、現役を終えた後だと決めている。

世代全員分の思いを背負うのが松坂の使命

松坂は「世代の分までもう少し頑張る」と同世代に敬意を表し、来季以降も思いを背負って投げることを誓った。しかし、藤川の意見は対象的だ。現役を続けようが辞めようが、個人の自由。誰かが他人の人生を背負う必要はないと言い切った。

「自分が松坂世代になったという意識があまりないからなのか、最後の一人になったとしても『松坂世代の最後の一人』とかは言われたくない。みんな自分のタイミングで辞めて、次のステージに移っている。先に辞めた人がダメで、残った人は勝ちという価値観は俺にはない。同級生の引退で感傷に浸るようなことを俺はしないし、自分が辞めるから俺の分も頑張ってくれよとか周りにも求めない。そんな荷物を背負ってほしくない。でも一方で、そうやって思いを渡したり、受け継いだりする人が多いというのは、この世代にはやっぱりそれだけ素晴らしい選手たちがそろっているということだとも言える。みんなの気持ちを背負うと言えるのは、大輔だけじゃないかな」

松坂だけでなく、チームの主力である藤川や和田、館山昌平（ヤクルト）らが世代の最後のゴールテープを切る可能性もあるが、一個人が松坂世代全員分の思いは背負えないだろう。それができるのは松坂しかいない、と私もそう思う。藤川も松坂大輔には夢を見ている。

「松坂世代に生まれてよかったと思っているよ。俺の小学校から高校の同級生だって、松坂世代と自分で言うわけだから。それは感謝しなきゃいけない。大輔は偉いと思う。誰一人として、会った人間が大輔に嫌な印象を持たないからね。いろいろ注目されて大変だったと思う。ただ、野球を辞めるなよ、ということは言いたいかな。他の選手に対してはあまりないかもしれないけど、お前が引いてはダメだ、と。でもたぶん、それは自分でも感じていると思う。松坂が甲子園の阪神戦で勝って『同級生の分まで頑張る』と言った時に、使命感を持っているんだなと感じた。男と男の約束もあったりするだろうから、そこの部分に関しては、思い切り背負えよ、と言いたい」

松坂の使命が、世代全員分の思いを背負い、最後まで投げるということであるならば、藤川が自分自身に課す使命は何なのか。それは次世代への橋渡し役になることだった。

とても固く確かな松坂との絆

藤川らJFKの3人、今年引退した中日の岩瀬仁紀投手や浅尾拓也投手、巨人の山口鉄也投手らが、プロ野球界の中継ぎの価値を上げたと思っている。しかし、分業制の今は中継ぎの負担が増えている。試合に投げなくても、ブルペンで毎日のように肩を作っているし、年々登板数も増えている。

「そんな準備の仕方では、体が1年持たないと思う。あの当時の自分は練習を全くしていないし、試合がなかったらボールは投げないし、投げてもランニング2本とかしかしていない」

今の投げすぎの現状に警笛を鳴らし、自分の経験談を伝え、少しずつ改善しようとしている。ベテランになった今だからこそ、話せることもある。ブルペンでは、試合の映像を若手投手たちと一緒に見ながら、配球の〝妙〟を伝えている。そして、自身に出番がまわってきた時は「今から行くから、見とけよ」と言い残し、颯爽とマウンドに向かう。そして、伝授した言葉を、試合で体現する。

「最初にこの球種で入って、これ（投げるコースや球種）がうまくいかなかったら、次はこれ。うまくいったら、もう一回同じ球でいくか、打者の頭の中で予想していない球でいくのか。ストレートで押し切るのか、みたいな感じで言ってる。能力がないとついてこられないけど、阪神の若い投手は能力があるからやれる」

自分自身が他球団の強打者を抑えることが、チームのこれからにつながる。そういう意識で、自分を育ててくれた阪神とファンに感謝の気持ちを残そうとしている。例えば、今季大ブレークした巨人の岡本和真選手や広島の鈴木誠也選手を抑えることは、向こう10年、15年とチームに効いてくる。

今年、藤川は岡本に今季1号本塁打を開幕戦で許している。

「あの時『やばい。コイツはやる』と思った。俺は2ボール1ストライクから、フォークを投げている。普通、あの年齢やったらストレートを待つ。だから、フォークを投げてかわしにいったんだけど、それをガバッと打たれた。岡本は変わったと思った。

けれども、もう打たさないよ。広島の鈴木もいい打者。だけど俺らがバシッとやって、次の世代にいけるぞ！　という雰囲気を渡さないといけない。阪神のために倒せる方法を見つけたいね。投手は仲間だから。同じ選手に1年目も20年目もない。みんな生活をかけてやっている。外国人選手だって同じ。俺自身もアメリカでしんどい思いをしたからね」

藤川も新しい目標、やりがいを持って、まだまだ投げ続ける。

他の松坂世代の面々とは一線を画し、我が道を突き進んでいる印象を持たれがちな藤川だが、今回取材をした松坂世代10人の中では結婚が一番早く、２０００年に二十歳の若さで高校の同級生と一緒になった。藤川の登場曲であるリンドバーグの「every little thing every precious thing」は、奥さんが高校時代から好きだった思い出の曲だ。お子さんたちも大きくなっている。

20年前の夏、松坂大輔と直接交わらなかった藤川が、紆余曲折を経て今も一線で投げ続けている。松坂とはメジャーリーグ時代に交わり、絆を強くした。他の選手たちとは距離感も価値観も違う。その結び目ができたのは世代のメンバーの中では一番最後だったが、私はとても固く、確かなものだと感じている。

第5章

館山昌平

9度の手術
175針の傷
それでも多彩なタッチで投げ続ける

高校時代に横浜・松坂と3度対戦した男

9度の手術による175針の傷が、まだ投げ続けたいという男の意地に映る。ヤクルトスワローズの館山昌平も、松坂と同様に怪我に苦しみながらも、何度も立ち上がろうとしている。こんなすごい投手二人が同じ神奈川県内の高校に同時期にいたなんて、改めて神奈川の野球はハイレベルであることを感じさせる。

松坂を中心とした横浜最強世代は、春夏の甲子園、国体も制して、公式戦無傷の44連勝を飾り、練習試合を含め1敗もせずに引退したすごいチームだった。私のいたPL学園は夏の甲子園準々決勝で、延長17回まで食らいつくも敗れた。準決勝を戦った明徳義塾は、8回まで6－0とリードしながらも終盤の大逆転に遭うなど、その壁は高かった。

甲子園大会ではないが、もう1試合、実は横浜に土がつきそうな公式戦があった。松坂が高校3年生だった98年5月20日、大宮公園野球場で行われた春季関東大会の決勝戦。同じ神奈川の日大藤沢戦がその試合だ。延長13回の末、1－0で横浜が勝利した。松坂は13回を一人で投げ抜き、一方、その時の相手の背番号1は、ヤクルトで今も現役を続けている館山昌平だった。

日大藤沢のこの代が横浜と公式戦で対戦したのはこれが3度目だった。1回目の敗戦は秋季神奈川大会の決勝戦。松坂に完封され、0-9。2回目は両校一緒に進んだセンバツ出場をかけた秋季関東大会。関東圏内でもレベルの高かった2チームは決勝で対戦し、延長10回1-2で惜しくも日大藤沢は敗れた。

ともに出場した98年春のセンバツで日大藤沢はベスト4。準決勝の関大一（大阪）に勝利すれば、また決勝で横浜と対戦する可能性もあったが、それは実現しなかった。

夏の地方大会は記念大会で、横浜は東神奈川、日大藤沢は西神奈川と分かれた。日大藤沢は準決勝で平塚学園に敗れ、夏の甲子園切符は逃した。当時の神奈川の高校野球＝横浜高校の構図ができていたため、印象は薄いかもしれないが、日大藤沢のチーム力は高かった。そんなチームの中心に館山はいた。

4番手投手だった小学校時代

館山は徳島に生まれ、神奈川・厚木市で育った。軟式野球出身で、中学校の部活に入っていた。06年に横浜ベイスターズに投手で入団し、現在はＤｅＮＡのスタッフである三橋直樹氏とは小学6年間同じクラスで、中学野球部でもチームメート。同じ小中学校の同学年から二人もプロ野球選手が出ていることにも驚くが、館山の球歴もなかなかの驚きを感じさせるものだった。

「三橋がサードで僕はセンター。僕よりもすごい投手がいたから、投手としては4番手だった。小学5年生の時は八番・ライトのライパチ君。6年生でキャッチャー。4年生で初めて打ったヒットはボールを避けようとして、グリップエンドに当たったもの。唯一打ったホームランは相手のレフトがトンネルしたもの」

今の館山からは想像もできないほど、非エリート街道を歩いていた。それに小さい頃の夢は「ピアノの先生になること」だったという。野球が生活の一部だなんて、言い難い子供時代だった。

そんな館山を見出したのは、後に日大から村田修一や巨人・長野久義ら多くのプロ野球選手を育てた鈴木博識元日大監督だった。

「中学3年生の時、鈴木監督がたまたま僕らの試合を見に来てくれた。僕はセンターと、たまにキャッチャーをやっていた。でも、鈴木監督からは『ピッチャーをやらないか?』と声を掛けられた。他の学校からはキャッチャーで来ないかと言われていたから、『このおじさんは何を言っているんだ?』と最初は思っていた」

鈴木監督は、館山が中学3年生の1995年まで日大藤沢で監督を務めていたが、96

年から日大の監督に就任し、好成績を収めた。館山の高校入学時に日大へ行ってしまった形だ。ただ、館山の中には、鈴木監督の言葉の影響もあり、投手で勝負してみようという気持ちが生まれていたため、一般入試で試験を受け、入部することに決めた。これが投手としての野球人生のスタートだった。

元々、野球中心の生活をするつもりはなかったようで、地元の進学校の県立厚木高校に進み、大学リーグに所属する国立大学に進学し、勉強しながら野球をやってどこかに就職をする。そんなイメージだった。この時は、後に甲子園に出て、日大に進んで、プロ野球のヤクルトに入団し、多くの手術を受け、最多勝を獲るなんていう野球どっぷりの生活になるなんて想像もしていなかっただろう。

別世界ではるか先を行く松坂

入部当初から館山の目標は決して高くはなかった。甲子園に行く！　エースナンバーを獲ってやる！　ではなく、3年の間に1度でいいから公式戦でベンチ入りすることが目標だった。

「中学時代に県大会にも出ていないような選手だし、ろくにやったこともなかったピッチャーをやっている。ピッチャーだったら、1度のベンチ入りで4人は入れる可能性がある。3年生の時に背番号がもらえればいいかな、と思っていた」

もしかしたら、控えの投手でも背番号がもらえるかもしれないと近道を探った。100人前後いる部員。あたりを見渡しても能力の高い選手ばかりで、レギュラーを獲れる自信はなかった。ただ、幸運なことに、投手だった他の選手たちはみなセンスがあったため、複数のポジションを守ることができ、別のポジションにまわされた。

中学時代にキャッチャーとセンターをやっていたとはいえ、高校レベルではなかった館山は投手に専念するしかなかった。ベンチ入りどころか、エースへの道が自然と開けていったのだ。

そんな中、風の噂で同じ神奈川県内の高校生、松坂大輔の存在を知った。横浜のレギュラーで構成されたチームではない、いわゆる「Bチーム」が地元の厚木で練習試合をすると聞いた。

「140キロを投げる1年生がいるっていう話がまわってきて、本当にそんな速い球を投げる子がいるのかよって思った。実際に初めてマツが投げているのを見たのは2年生の夏くらい。試合を直接見たのか、テレビなのかは覚えていないけど、2年夏の神奈川県大会の準決勝で、暴投して横浜商業に負けた試合だったので鮮明に覚えている」

松坂が高校時代、最後に負けた試合として映像でもよく流されるシーンだが、2年生にして完成されていたピッチングに館山は衝撃を受けた。

「あのバネのある、しなりのあるフォーム。そこから解き放たれるスピンの効いた球。投手としての理想型だよね。衝撃度はもう、別世界の人だなと感じた」

同い年で同県の投手。ライバルになる存在だが、館山にとって松坂ははるか先を行く憧れの男になっていた。いつしか自然に、捕手から返球されるボールに対して、グラブを下から上に使って捕る動きを真似したり、同じ型のスパイクを買いに探したりするようになっていた。

確実に縮まった横浜との距離

徐々に投手としての頭角を現していった館山は、1年秋に目標だったベンチ入りを果たした。2年秋の新チームからはエースとしてチームを牽引した。そして、松坂との初対戦がやってくる。秋季神奈川大会の決勝。0-9で負けた試合だ。

「僕は6回か7回くらいまでしか投げていないかな。6点取られて降板した。マツのボールはベンチで見ていても、打席に立って見てもすごかった。速かったし、スライダーのキレもすごい。ストレートは新幹線がホームベース上を通過する感じ。球の着地点があるのかと思えるほどで、どんどん加速していく。本当にキャッチャーは捕ったのかなと思うような、そのままもっと向こうに行ってしまうような感覚だった」

日大藤沢はそれまで桐蔭学園、横浜商大高、横浜隼人ら名門にも、他の公立高校に対しても接戦で勝ち上がり、一戦一戦、強くなっていくようなチームだったが、横浜には完敗。松坂だけでなく、チーム全体の総合力でも圧倒された。

「やられたね。普通は悔しくてまたすぐに練習をしたり、反省をしたりするんだろうけど、実力差を感じすぎて、帰りのバスでは、ポカ〜ンというか、魂が抜けてしまった。9点差で負けはしたけど、関東大会に出られるというのもあったし。でも、バスの運転手に『覇気がない』『悔しくないのか』と怒られた。いやいや、もちろん悔しいけれど、実力差がもう全然違う。点差以上の開きがあったからと言い返したかったけど……」

そのちょうど1か月後の秋季関東大会で、横浜と日大藤沢はそれぞれ決勝まで勝ち進んだ。館山は準々決勝の太田市商（群馬）で先発したが、決勝の先発は183センチの同学年左腕・野本啓太投手で、館山は10回表途中から救援した。試合は1－1の延長戦で、10回表に横浜がスクイズで勝ち越した。

「野本が先発で10回の1アウトまで取った。走者が一、三塁になったところでスクイズをベンチは警戒した。左腕だと三塁走者が見えないから。それで僕が出て行ったんだけど、結果的にスクイズされちゃって負けた」

日大藤沢は関東2位でセンバツ出場は決めたが、神奈川大会でも関東大会でも決勝で横浜にはね返された。ただ、試合展開は完敗から善戦へ。横浜のように松坂一人で投げるチームではなく、館山、野本、同学年の田山知幸投手、1学年下の水口好美投手ら複数の投手陣で戦っていくチームが形成され、自分たちがやろうとしている野球は間違いではないと思える戦いぶりだった。横浜との距離は確実に縮まった。

「同じ高校生だし、うまいから勝つのではなくて、勝った方が強いという教えがうちの部にはあった。どんな相手であろうと最初から勝負が決まっているわけじゃなく、試合の流れを制した者が勝つ。今度は（横浜を）やっつけてやるという雰囲気がチームに生まれたね」

緻密な100か条の〝日藤の教え〟

迎えた98年のセンバツ。日大藤沢は快進撃を見せて、組織力でベスト4まで勝ち上がった。

「当時の日大藤沢は、今のプロ野球でも存在しないようなサインがあるほど、緻密な野球をしていた。内野5人シフトを敷いたり、走者一塁とか二塁時に相手投手の球種の精度、捕手の変化球の捕球姿勢、クイックのタイム、クイック時のボールの質・偏り等に合わせてエンドランを多様したりと、とにかく細かかった。元々、前監督の鈴木さんが日大藤沢にいる頃に作った〝100か条〟というのがあって、その中にシフトとか作戦みたいなのがある。座学のようなミーティングが当時は多くあった」

ＰＬ学園は緻密な野球をやるというイメージがあるようだが、実際はそうではない。むしろ、意外と大雑把だったのかもしれない。試合の戦術とはいえ、部の決め事が100項目もあるなんて驚きだ。その中にはシフトやエンドラン以外にも、投手の配球や打者への攻め方なども書いてあるという。

そんな〝日藤の教え〟という野球のイロハが、館山という投手を作りあげていった。磨かれた観察力は、プロになっても配球や打者を打ち取っていく上で、重要な要素を占めた。時にはそれが緻密すぎて、他の人には伝わらない、理解できないこともしばしばあった。2016年の開幕直後には、ちょっとした騒動が起きたほどだ。

阪神との対戦前に、報道陣から意気込みを問われた館山は、当時勢いのあった新人・高山俊選手について「正直、どっち打ちかわからない」と回答した。これが自分の意図した通りに伝わらず、挑発的あるいは侮辱的発言とされて、波紋を呼んだ。

「本当に阪神の高山君には申し訳ないことをした。これは〝日藤の教え〟の中で、外野の守備や、その選手はどういう過程で左右の投打になったのかなど全部を見て、その選手を分析しなさいというものがあった。もちろん、高山君が右投げ左打ちなのは知っている。大事なのは、右打ちから左打ちに変えたのかというところまで、その人の歴史をちゃんと見抜けているかということであって、それが言葉足らずで、ああいう風に伝わってしまった。守備練習も、キャッチボールをしている姿もまだ見たことがないし、どこまで足が速いのか、右投げ右打ちをどこかのタイミングで左打ちにしたのか、どっちの手が強いのか、そういう彼の歴史を知らないという意味だった。知っていたら攻め方も変わってくるからね」

そこまで考えている投手がいるのかと感心させられた。館山の緻密でクレバーな投球スタイルは、高校時代に叩き込まれていたものだった。「どっち打ちかわからない」発言を聞いた報道陣が、この一言をそこまで深く理解するのは容易ではない。高校時代から館山が力でねじ伏せるのではなく、頭で考える投球をしてきたことの一端を垣間見た思いだった。

館山の投球スタイルが確立された瞬間

話を高校時代に戻そう。考える野球が浸透していた日大藤沢ナインは、センバツで次々と好投手を攻略していった。

初戦の2回戦では、後に社会人を経て楽天に入る木谷寿巳投手のいた近江（滋賀）を、3回戦は、フォークが素晴らしかった松下克也投手のいた豊田西（愛知）を、準々決勝では、高卒で広島にドラフト3位で入った矢野修平投手のいた高鍋を破った。

甲子園で館山が先発した試合は2試合だったが、救援でもチームの勝利に貢献した。準決勝では久保康友（元・ＤｅＮＡ）のいた関大一に敗れたが、県内のライバル、横浜はさらに上を行き、全国制覇を達成した。自分たちが全国的に見て高いレベルにいることが実感できた。

「マツのようなピッチングはできないけれど、甲子園で戦ったピッチャーの良いところを見て、その後に取り入れ、自分が成長できた部分はあったかな。僕の場合は、マツのようにスピードが１５０キロまで上がるようなことはないと思ったから、別世界の人間と受け入れて、マツの存在を認めるようになっていた」

松坂を参考にしても、ただ自分を見失うだけだと冷静に自身を見つめ、他のいい投手の投球フォームや球種を研究して、取り入れていった。

同じセンバツで横浜に敗れた私は、「打倒・横浜」「打倒・松坂」に燃え、松坂に負けない速い球を投げようという意識でいた。私は館山の当時の考えに触れ、賢いなと思った。館山は自分のことを冷静に、客観的に見ることができていたのだと思う。

私のように「絶対に松坂に負けない」と闘志を燃やし続けた選手もいれば、館山のように実力差を受け入れて独自の道を進む選手もいる。ただ、館山の根底にある「負けず嫌い」のハートにも火がついていたのは確かだ。

「野球はチームスポーツと教えられてきた。だから1対1の個人の勝負では太刀打ちができなくても、勝った方が強い。勝った方が勝ち。（横浜の松坂に）束になってかかっていって勝つ。夏に向かって、そういう気持ちになっていたかな」

その横浜と3度目の対戦がすぐにやってきた。春もお互いに勝ち進んで関東大会に進出。その決勝でぶつかった。準決勝と決勝はダブルヘッダー。準決勝で日大藤沢は、1学年下の水口が驚きの9回68球で横浜商を完封。横浜は松坂以外の3投手の継投で坂戸西（埼玉）を破った。松坂も館山も温存され、両エースは決勝で投げ合った。

初回から二人は譲らなかった。スコアボードに0を並べ続け、延長戦へ。延長13回に横浜が1点を勝ち越し、試合は決した。しかし、敗れたとはいえ、後にプロ野球の世界に4選手が進んだ強力横浜打線を封じ込んだのは見事と言うしかない。松坂は13回を一人で投げ抜き、19奪三振の快投。館山の奪三振数はゼロだった。

「マッと投げ合うことができて、自信になった試合だった。シュートがこれだけ通用するのかとか、インコースの真っすぐやシュートを投げた後の配球とかに手応えがあった。この試合においては、スライダーの後のカーブは投げてはいけないことや、追い込んだ後の外の真っすぐも要らないこととか、早めに気づいて試合を作れたことが、今考えるとその後に生きていると思う」

松坂と館山の投球内容は全く違う。もう1度言うが、奪三振数は松坂が19に対して館山はゼロ。それでも投げ合うことができたのは、館山の野球人生に大きな影響を与えた。松坂が力で三振を奪いに行く〝剛〟ならば、館山は変化球をうまく使って凡打の山を築く〝柔〟の投手。館山のスタイルが確立された瞬間だった。

日大に進学した時の夢は体育教師

前述したが、館山の最後の夏は西神奈川大会準決勝で優勝した平塚学園に敗れ、惜しくも春夏連続甲子園出場はならなかった。エースだった館山は、一人でマウンドに立ち続けた。一方、東神奈川大会では横浜が危なげなく代表校になった。

「最初の対戦から、3回目の春の関東大会の決勝まで、マツがすごい成長しているのがわかった。成長の度合いを表現するなら、特急電車が新幹線のぞみになるくらいで、さらに加速している感じ。もう、なんでこんなに加速できるんだろう？　というくらい。投手としてマツとの距離が縮まることはなかったね」

高校から投手を始めた館山にとっては、いつも松坂が良き手本であり教材でもあった。投げ合っている時はプレートの使い方、歩幅を観察。マウンド周りの足跡を見ながら、「足をこれだけ引っ張っているのか」「つまり右腰がめくれていないから（ホームベース方向に体が正対するまでの時間が長く）、あれだけスピンが効いたボールを投げられるのか」と学んでいたという。

投球能力の距離は遠かったが、友としての距離は近かったようだ。チームメート同士が少年野球チームで同じだった縁もあって、高校時代にポケベル、ＰＨＳの番号を交換し、連絡を取ったこともあったという。

「僕らが遊びに行くのは横浜が多くて、大体、遊びに行く場所が一緒。大和にあるバッティングセンターとかにも行っていたけど、そこにストラックアウトのゲームがあって、パーフェクトを取って場内に名前が載ったこともある。でも、せっかく載ったのに次に来たら、マツにそれを上書きされているということもあった。パーフェクト賞は施設内にあるゴーカートでカーレース。１回５００円とかだったかな。マツとは一緒にストラックアウトをした記憶はないけど、ゴーカートで遊んだことはあるよ」

そんな友が主役となった20年前の夏の甲子園を、館山はテレビで見ていた。横浜の戦いを見るというより、どんなすごい選手が同世代で出てくるのだろうかというワクワクした気持ちだったという。

それぞれの高校3年間を経て、松坂はプロへ、館山は東都大学リーグの日本大学へと進んだ。

松坂がプロで戦い始めた頃、館山は体育教師になるという夢を持って大学生活をスタートした。野球を続けたい思いはあったが、プロ野球選手になりたいという夢はなかったという。

「1年の秋のリーグ戦で何度かベンチ入りはさせてもらったけど、スピードも出ないし、出ても143キロ。周りはもっと速い。打球は飛ばされるし、得意のシュートも効果がない。ファウルを打たせることが全然できない。ストライクゾーンも狭く感じた」

日大の同学年には東福岡から入った村田修一が投手ではなく、野手で活躍し始めていた。一方、館山は1年、2年とほとんど先発登板はなし。あってもリリーフだった。

野球は続けるが、将来を見据えて、どちらかといえば教職課程を履修することの方を重視していた。

大学2年生の終わりに訪れた転機

日大からは毎年のようにプロ入りする選手や、指名がなくてもドラフト候補が出ていた。館山にも2年生の終わりに転機が訪れる。

「1年生の時に4年生だった吉野誠さんが阪神に指名された。吉野さんの野球のレベルは高く、別格だと感じていたけれど、僕が頻繁にベンチに入り始めた2年生くらいのあたりから、味方でも相手でもドラフト候補と呼ばれる選手の実力がなんとなくわかってきた。『ちょっと待てよ。ここがドラフト候補と呼ばれる位置だったら、自分も行けるんじゃないのかな?』と思えるようになった。これは教員免許を取っている場合じゃないな、と」

そして、館山は教職課程の授業を取ることをやめた。教職課程は通常の授業よりも履修の時間が多いため、そこに時間を費やすのではなく、もっと本気で野球に取り組もうと決めたのだった。

結果はすぐに表れた。トレーニングの時間を増やした館山は、3年春のリーグ戦でエースの座を勝ち取り活躍した。150キロの直球を武器に4勝をマークし、1969年以来32年ぶりの春のリーグ戦を制した。

指揮していたのは、館山を日大藤沢にスカウトした鈴木博識監督。2部に低迷していた日大を、強豪チームに押し上げていた。鈴木監督は、館山の高校入学と同時にチームを離れたことに、誘いの声を掛けた手前負い目を感じていたかもしれないが、ともに大学で優勝を勝ち取るなんて、すごい師弟関係だなとも思う。そこにあった信頼関係も、館山の野球技術向上に一役買ったはずだ。

秋は1勝に終わったが、館山は野球ワールドカップの日本代表メンバーに選ばれた。

また、全日本アマチュア野球連盟は、日本代表候補の強化策の一環として、プロのキャンプにアマの代表候補を派遣したことがあった。当時ダイエーの高知春季キャンプに、館山は早稲田大の和田毅、鳥谷敬らと一緒に参加するなど、注目を浴びる存在となっていった。

「実は3年時の日米大学野球代表の時、僕はブルペン捕手をやっているの（笑）。選手登録の数も限られているし、捕手が少ないから先輩たちは試合に出てしまう。だから、当時の和田や（新垣）渚とか、多田野（数人）の球を受けていた。渚のスライダーはすごかったよ。プロに行くやつらはすごいな、と思って受けていた。それに、ダイエーのキャンプではペドラザ、永井（智浩）さん、倉野（信次）さん、田之上（慶三郎）さんのブルペンを見た。やっぱりプロは体の大きさ、作りが違った」

この頃の館山にとって、プロはまだまだ遠い存在だった。

4年春に右肩を手術するもプロへ

しかし、館山の好調は長くは続かなかった。4年春のリーグ戦。右肩の手術を決断した。彼にとっては1回目の手術。後に8回も体にメスを入れることになるなど、この時は想像すらしていなかっただろう。

「肩はずっと悪かった。1週間に1度の登板に（体調を）合わせることはできたけど、やっぱり肩が本調子ではなかった。スピードは出るけれど、これはちょっと難しいかなと思った。日常生活では、電車のつり革をつかむのも痛かったので」

プロに行きたい大学生にとって、4年生の1年間は最もアピールをしなければならない重要な年だ。しかし、館山は進路をプロ一本に絞っていたわけでなかった。だから、思い切った決断ができたのかもしれない。全治は半年。学生コーチとして背番号52をつけていた。ボールは投げられないので、選手たちの練習メニューを組んだり、指導をしたりしていた。時には一塁ベースコーチャーズボックスにも立った。

地道なリハビリを経て、手術から6か月後の秋のリーグ戦で復活。復帰戦ではプロのスカウトが見守る中で2安打完投勝利を挙げた。

「それまでは150キロを投げられたけど、その時は143キロくらい。でもスライダーでたくさん三振が取れた。ドラフト直前だったけど、スカウトがみんな自分のところに戻って見にきてくれたと聞いた。中でもヤクルトの宮本（賢治）さんは、『怪我をしようが何をしようが、戻ってきて試合に投げられるようになれば絶対に獲る』と言ってくれていたみたいで……」

この時は自由獲得枠、いわゆる逆指名制度があり、早稲田大の和田はダイエーへ、亜細亜大の木佐貫洋、東海大の久保裕也は巨人へ、同じ日大の村田修一は横浜へ、と錚々たるメンバーの入団が決まっていった。ヤクルトは高校生で高井雄平選手（東北）を指名したため、自由枠は使わなかった。ウェーバー指名となり、3位という実質2位で館山は指名された。

館山をヤクルトの候補リストに挙げた宮本スカウトは、スカウト職に就く前から館山に注目していた一人だった。宮本さんはヤクルトで下手投げの投手として活躍。その後、投手コーチを経て、スポーツライターとなっていた。高校時代の館山を取材し、その潜在能力の高さを見抜いていた。

宮本さんは、館山が大学に進んだ後はヤクルトのスカウトとなり、追いかけていた。だからこそ、今後の成長曲線がイメージできるし、素材の良さも、野球への取り組み方もよくわかっている。他の球団が怪我明けということで懐疑的な目を持っていても、自信があるから3位という高い順位での獲得を球団に直訴したのだろう。

「自由枠で決まった同じ日本代表のメンバーと、代表で一緒に戦っている時『お前はどこのチームに行くんだ?』とか、ぶっちゃけトークもあった。マツがプロで活躍していたけど、どちらかというと、この時は大学のメンバーから刺激を受けていた。同級生のレベルが高かったから、自分を引き上げてくれたのだと思う。ただ、自分の立ち位置は松坂世代の底辺だけど、ね」

どこまでも謙虚な館山は、そう言って笑った。

横投げの剛速球右腕としてプロの荒波に

館山は手術明けにも関わらず、プロの扉をこじ開けた。誰よりも欲はなかったが、負けず嫌いで根気があった。思えば、高校時代も「ベンチ入りできればよかった」選手が、エースとして背番号1をつけて甲子園ベスト4。大学時代も教員になれればと思っていたのに、「あの人がプロになれるなら、自分もなれるかも」とプロ野球選手になった。可能性がある限り、とことん突き詰めて全力を尽くす男なのだ。

「自分に才能がある、ない、とかはわからない。プロも5年やれればいい。それに『夢は大きく5000万円プレーヤー』だった。みんなそこは、1億って言うのに……。ただ、負けず嫌いというか、諦めの悪さでここまで野球をやっているのかもしれない」

この「諦めの悪さ」が、プロに入っても館山をマウンドで生かし続けた。

しかし、プロに入ってすぐに試練はやってきた。1年目の春、手術をした右肩は完治しておらず、ファームの教育リーグでは痛みを抱えながらマウンドで投げていた。

「春先に3回11失点するという試合があった。かと思えば、その後、MAX147キロで完投勝利したりもした。だけど、自分の中でもう無理というか、ここからの上積みは難しいと思った。いろいろ考えて、プロで生き残るために、1年目の5月くらいから横手投げにした」

　館山はこの時まで上手投げだったが、サイド気味の投げ方に転向して、プロで成功することになる。プロの投手が投げ方を変える場合は、監督や投手コーチの進言によるものが多いが、館山は自分自身の判断で、それも入団して間もない頃に決めた。相当な覚悟が必要だっただろう。当時の松岡弘投手コーチと、担当の宮本スカウトに許可を得て決断した。

「宮本さんからすると、自分が獲ってきた選手には1年間は最初のスタイルで勝負してほしいという思いもあっただろうけど、『お前がそういう風に言うんだったら、やってみろ』と言ってもらえた。横投げにして3週間くらいミニキャンプをした後、中継ぎで1イニング投げさせてもらったら、なんと154キロが出た。イースタンの西武戦で(松坂世代の赤田)将吾に対してのボールだった。もしかしたら、この先いけるんじゃないか、と」

　手応えを得て、館山は一軍のスタートラインに立ち、横投げの剛速球右腕として、プロの荒波に飛び込んでいくことになった。

怪我と戦い続けた野球人生

フォームの変更から始まり、怪我、手術、リハビリ……波乱万丈といえる館山のプロ野球人生のここまでを紹介したい。

投げ方を変えた1年目の7月にファームのフレッシュ・オールスターゲームに出場。その後、一軍からお呼びがかかった。8月からは先発ローテーションの一員に加わるも、未勝利。

そして、翌年。これからという時に、春季キャンプ中に右肘を痛めた。プロに入って初めて、大学以来2度目の手術を受けた。右肘内側側副靱帯再建手術、いわゆるトミー・ジョン手術と呼ばれるものだ。

1年間のリハビリを経て、3年目の2005年にプロ初勝利するなど、10勝6敗の成績を収めた。しかし、そのオフに再び、右肘の手術を受けた。その影響で翌年の開幕は間に合わず、2006年はほとんど中継ぎとしてプレーした。

翌2007年には先発、中継ぎ、抑えとすべての役割をこなすマルチプレーヤーぶりを発揮して、45登板で3勝12敗5セーブ。年俸は目標だった5000万円を超えた。

2008年はエース・石川雅規投手と並ぶチームトップタイの12勝。リーグ1位の勝率8割、防御率2・99と安定感抜群の成績だった。

2009年は自己最多の16勝で、最多勝のタイトルを獲得した。2010年は12勝、2011年も11勝。この年のオフには手のひらや中指、薬指の血行障害手術を受けたが、2012年も12勝と5年連続で2ケタを記録。チームに欠かせない投手となった。

そして、2013年。開幕投手を務めた館山だったが、4月に右肘を痛めて、2度目のトミー・ジョン手術を受けた。再び、長いリハビリ生活が始まった。同じ年には右股関節唇のクリーニング手術。翌年はリハビリ中に違和感を覚えて、右肘外側滑膜ひだ切除という手術を受けた。さらにはトミー・ジョン手術で移植した腱が合わなかったため、3度目のトミー・ジョン手術。どんどん登板から遠ざかっていった。

それでも気持ちを切らさずに、2015年に復活して6勝を挙げ、リーグ優勝に貢献。クライマックスシリーズでも勝利を挙げた。2016年は開幕ローテーションに入ったが、4月に右肘のクリーニング手術。2017年の10月にも右肘、右肩にメスを入れた。これまで館山は計9度の手術を受けている。

館山の野球人生において、切っても切り離せないのが、その手術の回数だ。手術を受ければ、それだけの回数のリハビリを乗り越えなくてはならない。想像しただけで心が折れる。

「これまで9回の手術で175針縫った。あと25針で200勝の名球会じゃないけど〝名針会〟（笑）。正直、心は折れるよ。きついなと何度も思った。でも、自分より年上の人がリハビリする姿にも励まされたし、結婚してからは家族のためにも頑張ろうと思えた。つらい気持ちは、思い切り家庭に持ち込んだ。一緒に苦しみを共有して、乗り越えたという感じはあるね」

これから手術をする少年少女たちのために

ヤクルトの先輩でいうと、伊藤智仁さん、河端龍さんの姿、後輩では由規投手のリハビリする姿が刺激になったという。先が見えない戦いはプロだってきつい。松坂も和田も、藤川も同じトミー・ジョン手術をしたが、館山はそれを3度も繰り返した。乗り越えようとするメンタルは、一体どこから来るのだろうか。

「先の見えないリハビリはきついけど、未来は明るいんだという姿は見せなくてはいけない。負けず嫌いの性格が出ているのかもしれない。怪我をして、競技、スポーツを辞めるのはよくない。治って、勝負したけれども、力がなくなったから辞めるという形にしないといけない。これから手術をする少年、少女もいるだろうから、そういう人たちに怪我をしてもリハビリを頑張れば、明るい未来が待っていることを伝えたい」

これから手術をする若いスポーツ選手や、リハビリ中の選手たちに向けたメッセージ性まで考えている。館山が手術を繰り返すのは自分のためだけではなく、野球界をはじめ、他のスポーツ界の未来をも見据えてのことだった。

館山が若くしてトミー・ジョン手術を経験していたため、同じ手術を受けた松坂もアドバイスをもらいに来たことがあった。

「根気強く、リハビリは裏切らない、と。僕はリハビリを繰り返しても、球速は落ちていないからとも伝えた。マツのように高校、ＮＰＢ、メジャーとトップの位置で走り続けていると、自分の体のことを細かくメンテナンスする時間なんてない。Ｆ１でいうと、ずっとブレーキパットがキーキーいっている状態。１周走るたびに、ピットインするわけにはいかないから。全部いろんなところを見ないといけない、と言った」

肘や肩の怪我を引き起こす原因は、怪我の箇所から離れた股関節など別の部分にある場合もある。館山は手術、腱移植をしてきた過程で、自分自身が体の構造や使い方を勉強し、原因を追求してきた。同じことをできるだけしないようにと、他の選手にも伝えてきた。

「２０１６、２０１７年の手術では、ドクターにお願いして部分麻酔にしてもらった。

その時は自分の目で手術を見ている。(腱の移植で) もう少し可動域が欲しいな、とか、もう少し伸ばしたいな、削ってほしいなとか思って見たりもする。トミー・ジョンの手術に関しては、腱をいろんなところから持ってこられるから。僕の場合、最初は左手、次は右の内転筋から移植した。もう、だんだん (メスで) 開けるところがなくなってきちゃった (笑)」

トミー・ジョン手術は1度でも大変なのに、3度もやっている男だからできるすごい話だ。まるで外科医のような解説ぶりに聞こえた。

後世に〝経験の受け渡し〟をする使命感

怪我と手術を繰り返す中で、自分の投球の幅だけではなく、野球への見識も広がった。導き出したものは、スタンダードがすべてではないということ。9度も受けた手術を無駄にしたくはない。館山は、〝経験の受け渡し〟を後世にしていかなくてはいけない使命感を持っている。

「オフに、子供たちを対象にした野球教室に積極的に行っているんだけど、僕から選手に対して強制することは何もない。怪我をしそうだなというところだけは直すけど、やっていることは否定しない。そのまま続けた方が絶対にうまくなるよ、と言う。今の状態を肯定することだけを言うようにしているんだ」

小学校時代は「ライパチ君」。中学までは投手もやったことがない「非エリート」と自認する館山。そんなプロ野球選手から声を掛けられれば、子供たちは自分もプロに行けるかもしれない、あるいは自分のやっていることは間違いじゃないんだと、自信がつくだろう。それでいい。館山だって自分で考えて、オーソドックスな上手投げからサイド気味に投げ方を変えて、成功している。

「野茂英雄さんのトルネード投法、イチローさんの振り子打法、メジャーで頑張っている牧田和久君（元・パドレス）のような下手投げ……ああいう規格外で世界に通用するスタイルは『あれはダメだ』『これはダメだ』とかいう普通の物差しで計る指導法では現れなかったと思う」

こういう独自の考え方を聞いていると、プロ野球の実況をしている私の隣、解説者の席に来てほしくなる。子供たち、野球ファンが知りたい情報をピンポイントで教えてくれそうだ。

「結構、僕は外野席のチケットを自分で買って、試合を見ては観察しているよ。引退して、いつか野球に携われる仕事ができたら、ファンの皆さんにエンターテインメントとしての野球の見方を伝えたい。例えば、投手に打席がまわってくるところに、その投手がネクストバッターズサークルにいなくて、そこに代打の選手がスタンバイしている。しかし、ベンチの後ろでその投手が革手（バッティング用手袋）をつけて待っているから、これは投手交代ではなくダミーである、とか。試合展開の流れで、野球をよりよく知ってもらうという作業をしてみたいと思うね」

館山の解説つき試合観戦チケットなんて発売されたら、ファンは嬉しいだろう。彼の頭の中では、引退後の生活について、少しずつ考えるようになっていることも事実だ。

松坂は油絵で自分は水彩画

ただ、まだまだ館山がマウンドに立つ姿を見ていたい。高校時代に学んだ投球術や、ストレート、スライダー、カーブとスライダーの中間のスラーブ、シュート、カットボール、フォーク、チェンジアップ、シンカーを持ち球にして、四隅に投げ分けるコントロールで、勝ち星を重ねてきたピッチングはもう難しいのだろうか。

「最近は、そこ（コース）に投げ切るというのができなくなってきた。投球という絵を描くために、絵の具はいっぱい持っておいた方が間違いなくいいんだけどね。真っすぐ、それからあと二つの球種の〝3色〟で〝描ける〟人は本当にすごいよね。僕みたいに、使えるかどうかわからないけど球種を多く持っているのは、多彩な色を使って水彩画を描く感じ。トータルで絵を描きたいタイプだと思う。そうやって16年やってきた」

館山は、プロ野球の世界という真っ白で大きなキャンバスに絵を描いてきた。松坂には松坂の、館山には館山のデッサン、タッチがある。館山は時には力強く、時にはたくさんの色を使って戦ってきた。松坂の投球を初めて見た時から、20年以上が経過した。松坂の〝絵〟の変化を館山らしく、独特な言い回しで表現した。

「色の数というより、マツが描く色そのものが強いよね。油絵のような感じで、どんどん大胆に描いていくというか。本人の中では、今どういう感覚で投げているかはわからないけど、マツの投げている姿、腕を振っている姿を見ていると、決して逃げていない。四球を出しても、これで打ち取るんだという強い意思が見える。水彩画のように淡い表現はない」

松坂のスピードや、コントロールの精度は落ちたかもしれない。しかし、絵の描き方はまるで変わっていない。館山の言う色の濃さが、貫こうとする意思の強さなのかもしれない。何を描くのか、どのように描いていくのかは対戦相手によって変わる。館山は、たくさんの絵の具、タッチを用意して、マウンドに立っている。

「いろんな絵の具を持っていても、それを使うかどうかは試合が始まってみないとわからないから。ただ、その色がだんだん薄くなってきているのは確かだね」

だからこそ一筆、一筆に力と思いがこもる。絵の具の残りが少ないことは館山も自覚している。

「自分の現役生活は400メートルトラックの16周目に入り、もう最後の直線にさしかかるところくらい。17年目に入れるかどうかは、自分の本来のパフォーマンスが1度でもシーズンで出せたなら、追い求めると思う。ここ5年間で優勝に貢献したり、復帰したりはしているけど、復活というところまでは至っていない。復活に近いものを感じられたら続けようとは思う。黒田（博樹　元・広島）さんみたいに、成績を残しても思い描いているプレーができなくなった時点で辞めていく人もいるけど」

いつかプロでも松坂と投げ合いたい

館山は高校時代、50メートルのタイムが7秒だったのに、今年に入ってから計測したタイムはなんと6秒2で、若い頃より速くなっていたという。体のことをしっかりと学び、下半身のウエートを取り入れて、まだ成長している。ただ、体力の進化とピッチング、チームスポーツは違う部分もある。館山は自分の引き際を、日々考えている。

プロ野球人生という400メートルトラックを走っているのは、同世代で現役を続ける選手みんな同じだ。高校時代から、お手本とし続けた松坂はもがき、苦しみながらも今年、20周目のトラックを走った。

「昨年、ソフトバンクを退団した後、アイツは絶対に辞めないと思ったよ。世代のトップだし、自分より先に辞めるなんて、想像ができなかった。マツは、投手なら野茂さんや岩瀬さん、黒田さん。野手ならイチローさん、松井秀喜さん（元・ヤンキース）のようなレジェンドな男だから、僕らにはわからないパワーがある。イチローさんがバットを置く姿なんか想像できないでしょ？　僕たちにとってはそれと同じこと。まだまだやってくれると思う」

松坂に憧れる姿はいつまでも変わらない。いつか関東大会で投げ合った大宮県営球場、まだ投げ合ったことのない横浜スタジアムで試合をしたいという夢も持っている。プロにいる間は実現できるかどうかわからないが、高校卒業から20年経っても、当時の思い出が色あせることはない。

「もしも対戦できたら『シュートはあの時より曲がるぞ』と言いたいね。自分はマツ、あの横浜高校の最強世代と3度も対戦していたから、高校時代は松坂世代というカテゴリーに入っていたと思えた。でも、その後はそんな意識はなかったかな。〝日藤の教え〟の100か条ノートを書き、教えを一つひとつクリアして、少しずつ自分の芯が太くなっていく過程が楽しかった。でも、この年代に生まれていなければ、できなかったかもしれない。周りがうますぎたから、自分は自分らしくうまくなろうと思えた。周りの環境がそうさせてくれたから、今ここまで野球をやっているんだと思う」

同じ時代に松坂がいたから、同じ県内に世代の最強チームがいたから、館山は自分が描くべきキャンバスの大きさがわかった。濃い色の力強いタッチでたくさんの三振を描いてアウトを取る松坂と、多彩なタッチと頭脳的な筆使いでゴロのアウトを取る館山。世代のトップに立つ男の筆を置く姿はまだ見たくはない。これからも、今の松坂にしか描けないストーリー性のある油絵を、ずっと見ていたい。

それと同時に、9度の手術をしても、なお懸命に描く館山の味わい深い水彩画も、この先まだまだ見たいと思う。

第6章

新垣渚

腕を振り続けた快速球右腕
いつまでも追った球速と松坂の背中

松坂よりも先に「怪物」と呼ばれた男

松坂よりも先に、私たちの世代で「怪物」と呼ばれた男がいたのをご存じだろうか。後に当時の高校生最速となる151キロを投げることになる沖縄水産の右腕・新垣渚がそうだった。

140キロを投げることに一生懸命だった私にとっては、150キロなんて別次元の話だ。それも、190センチに近い長身からストレートを投げ下ろすなんて、打者からすれば威圧感は半端ではない。打者のバットは、空を切るどころか手も出ない。同じ投手だった私から見ると、うらやましい限りだった。投手目線からすれば、こんなに気持ちの良いものはないだろう。

もしも、松坂や新垣が1学年先輩だったら、「1個上だから」と力の差を割り切ることができた。だが、同じ1980年生まれ。こんな選手が全国にいるのか……。レベルの高い大阪で野球をやっていても、上には上がいると実感させられた。

高校野球は、夏が終わると先輩たちが抜け、新チームに移行する。自分たちの代になり、秋の各都道府県、地区大会を突破した先に、初の全国大会・明治神宮大会がある。私のいたＰＬ学園は、近畿大会で敗れたため出場することはできなかったが、横浜、沖縄水産、明徳義塾、敦賀気比（福井）らの強豪８校が出場した。

新垣は体が大きい分、チームの大黒柱の印象が強いかもしれない。だが、当時の沖縄水産は、新垣と宮里康の二枚看板のチームだった。先発した宮里を新垣がリリーフする形を取っていた。沖縄水産は明治神宮大会を順当に勝ち進み、決勝では世代最強チームの横浜と対戦することとなった。

まずは、当時の松坂に対してどういう印象を持っていたのか、新垣に聞いてみた。

「対戦する前までは、横浜のピッチャーがすごい、球が速いぞ、と聞いていた。実際に決勝戦で対戦することになって、まぁどんなもんだろうと思って打席に入ったんだ」

新垣も、球の速さには大きな自信を持っていた。２年秋の時点で最速１４５キロを投げていたのだ。中学の時から球速はどんどん上がっていたし、沖縄だけでなく、九州を見渡してもトップクラスのピッチャーだ。同級生の中に自分より速いボールを投げる男がいるはずがない……。しかし、松坂の存在によって、現実を突きつけられた。

「これが、松坂大輔か。速い。打てん。これではダメだ。もっとタイミングを早く取らないといけない」

バッターボックスに入った新垣は、１５０キロ近い球速でスピンの効いた伸びのあるボールに空振りした。次のボールに対応するため、始動を早くしたが、今度は見たこともない高速スライダーでボールが視界から消えていった。私も夏の甲子園で対戦したが、松坂には抑えられた記憶しかない。

「井の中の蛙、ではないけれど、全国に行けば速い球を投げる投手がたくさん出てきた。負けの悔しさからかわからないけど、大輔と対戦して、アイツよりも速い球を投げたいと思った」

新垣のいた沖縄水産は強打のチームで、準決勝の敦賀気比戦では4本塁打を放って14得点を挙げていたのだが、松坂相手には3点を取るのが精一杯だった。試合は5－3で横浜が初優勝。松坂が3試合すべてで完投と、この時すでに「怪物」の片鱗を見せつけていた。

強すぎた「松坂より速い球を投げたい」という思い

当時の横浜には後藤武敏や小池正晃らがおり、投打において圧倒的だった。私は翌年3月のセンバツに向けて、大阪で練習をしていたため、その強さを体感したわけではない。横浜が優勝した事実は、雑誌や報道で知った。松坂と会ったわけでもないし、15

0キロを投げる投手なんているはずがないと、全く信用していなかった。だが、新垣は私よりも先にそのすごさを体感していた。スコアよりも、マウンドにいた相手の男との差を縮めたいと思い、沖縄へ戻っていった。

センバツを迎えるまでの冬練習は、どの学校もきつい。私もしんどい思い出ばかりだ。投手はスタミナを強化するため走り込みがメインで、自分自身がしっかり目的意識を持っていないとまず精神的につらい。私は当然、憧れだった甲子園で勝つため、優勝するために練習をしていた。ひたすらランニングをして、自分にこの先どんな成長があるのだろうかと楽しみにしている部分もあった。

雑誌ではセンバツの特集が組まれ、「東の松坂、西の新垣」と東西の「怪物」が中心に描かれ、PL学園はその次あたりの強豪として取り上げられていた。

「西の怪物」新垣は、二つの壁を越えることを心に決めていた。一つは全国の頂点。もう一つは松坂に投げ勝つことだった。

「神宮の決勝で実際に体験して、大輔だけじゃなくて、他のメンバーもすごかった。横浜のチーム全体のレベルが高かったから、あそこを倒せば、頂点も見えてくるのかな、と思った」

私たちは、センバツの準決勝で横浜に敗れてから、夏に向けて「打倒・横浜」へ必死になった。だが、沖縄水産は、どこよりも早く全国での「打倒・横浜」を誓った。

とにかく松坂大輔よりも速い球を投げたい……その思いは強かった。強すぎたのかもしれない。

「だから、コントロールじゃなくて、球速を意識するピッチャーになってしまったのかもしれない」

新垣は苦笑いしていた。プロに入ってからは、1試合5暴投の日本記録を出すなど、〝暴れ馬〟の印象がついてまわった。彼の投球スタイルは、スピードを追い求めたこの時から形成されていったのかもしれない。

松坂の投手としての総合力の高さを誰よりも先に体感してしまったため、トータルで勝てないならばスピードだけでも勝ちたい、という投手としてのプライドがあったのだろう。私も投手だったので、痛いほど気持ちがよくわかる。

二の次になってしまったチームの勝利

1998年の第70回センバツ。この大会は松坂、新垣をはじめ、村田修一のいた東福岡、寺本四郎のいた明徳義塾ら強豪がそろい、どんな戦いになるのだろうとワクワクしていた。PL学園は、開会式直後の大会1日目の第1試合に出場することが決まっていた。樟南（鹿児島）と対戦して、私は1失点完投で勝利し好スタートを切った。2日目に登場した沖縄水産の試合に注目していたが、明治神宮大会準優勝校は、初戦で浦和学院（埼玉）に2－4で敗れてしまった。

一体、何が起きたのか、と戸惑った。あの「西の怪物」が早くも甲子園を去ることになってしまったのだ。新垣は2－1と1点リードの5回からリリーフ。押し出し四球で同点とされ、6回に連続四死球の後にバント処理をした新垣自身が一塁へ悪送球。味方のエラーも絡み、逆転されてしまった。ただ、ストレートは当時のセンバツ記録となる147キロを計測し、周囲の度肝を抜いた。

「そこ（スピード）ばっかり意識しちゃってね。秋に大輔と対戦したことで、野球も勝ちたいけど、球速も勝ちたい。チームの勝利が二の次になってしまったんだ」

しかし、横浜のエース・松坂は、大会3日目の初戦、報徳学園（兵庫）戦であっさりと新垣の球速を超えていった。しかも3キロも上回る150キロを投げたのだ。春夏甲子園を通じて初めての大台に乗せる偉業には、もう信じられないという一言だった。確かに、投球練習を見ていても速かったが、150キロなんて出るものかと信じて疑わなかった。同じ高校生投手として、私は衝撃を受けたが、前日に記録を樹立したばかりの新垣の方が、ショックは大きかっただろう。

このセンバツではご存じの通り、横浜の松坂がどこの学校も寄せつけず、決勝の関大一も4安打完封、久保康友との投げ合いを制して優勝した。

私だけではなく、誰もがとんでもない「怪物」が現れたと思っただろう。私たちも、準決勝で敗れた横浜を倒すんだという気持ちが、夏まで体を突き動かしてくれた。

新垣も同じだ。松坂に負けたくない一心で沖縄を制し、再び夏の甲子園に戻ってきた。地区大会では、センバツの松坂を超える151キロを計測。当時の高校生の最速記録をマークした。報道で見て、本当にびっくりした。進化して戻ってくるんだな、手強い敵だな、そう思っていた。

もう1度プロで松坂と戦いたい

しかし、新垣のいた沖縄水産は横浜と顔を合わせることなく、またも初戦で姿を消した。新垣自慢のストレートを完璧に打たれたのだった。センバツ同様、1点リードでリリーフしたが、1学年下の埼玉栄（埼玉）の大島裕行（元・西武）にバックスクリーン右へ逆転2ランを運ばれた。たしか146、7キロは出ていたんじゃないかと思う。今から20年前のことだが、その忘れられない夏の敗戦について、私は「自信のあったストレートを甲子園の大舞台であういう（本塁打される）結果になったのは、どう捉えている？」と新垣に聞いた。

「簡単に弾き返されたんだ。高校時代、ホームランを打たれるというイメージがなかった。バックスクリーンの横に打たれるなんて、初めてのこと。ショックがものすごく大きかったよね」

ライバルとしてずっと背中を追ってきた松坂は、同じ甲子園の舞台で平然と結果を出していく。思うようなピッチングができない投手が多い中で、いとも簡単に打者を打ち取り、白星を重ねていった。

私たちPL学園との準々決勝では延長17回の死闘を一人で投げ抜き、準決勝の明徳義塾戦ではリリーフで8回0－6からの逆転勝利に導き、決勝の京都成章（京都）戦ではノーヒットノーランを達成。期待と注目が集まる中で、しっかりとそれに応えていった。

悔しいけれど、力の差を認めざるを得なかった。それが同じ場所で戦い、敗れ去った者たちの気持ちだ。

死に物狂いで夏まで練習し、距離は近づいたと思っていたが、向こうも同じように技術、体力に磨きをかけていた。開きを感じた。全国の舞台で負けない男は、持っているものが違った。

「大輔は本当にすごいよ。だって、負けないんだから。俺たちだって九州、沖縄で無敗だったのに、別世界だった。なぜ、そうなのか。大人になった今、論文で追究したいよ

（笑）」

新垣は冗談交じりにそう言ったが、私も同じような気持ちだ。投打だけでなく、フィールディングも、牽制も、投げる体力も、とにかく野球選手としての総合点が高い。同時に自分の実力のなさを感じてしまったのも事実だ。

松坂はプロに行くだろう。それは、みんなわかっていた。だから私も新垣も、大学に進み、4年間でその距離を縮めたい。そしてプロでもう1度、戦いたいと意を決したのだ。そしていつかは松坂を抜き去りたい。それが野球を続けていく上でのモチベーションになった。

松坂だけでなく、他の同級生たちにすごいメンバーがいてくれたから、緊張感を保つことができたし、プライドを持ちながら、野球を続けることができた。

明暗を分けたドラフト

甲子園でプロのスカウトからの評価を松坂と二分していた新垣も、大学進学するという話を当時に聞いた。今回の取材で改めて「高校から直接、プロに行く気持ちはなかったの？」と率直な疑問をぶつけてみた。

「自分が甲子園に出られるまでになったのは、栽弘義監督がいたから。栽監督だったから、自分は150キロを投げることができたし、親父代わりになって、進路を（大学と）決めてくれたんだ。2年の春に、高校野球を続けられるかもわからないというくらいの右足のすねの怪我（骨折）をして、栽監督が足のことを気にかけてくれながら、ちょっとずつ投げられるようになった。だんだん147、150キロと球速も出始めたけど、そんなに投手として自信があるわけではなかった。監督から『お前の足のことを気にかけてくれる球団以外だったら、九州共立大に行って、4年間、鍛えればいいんじゃないか』と言われて、話し合いをした」

高校3年生が進路を決めるのには、監督やコーチの意見は本当に大きい。私も、やっぱり先生たちを信頼しているから、将来を託そうと思えた。私の場合は、東京六大学の立教大学への進学が決まったが、新垣はすんなりとはいかなかった。

新垣の言う「気にかけてくれる球団」というのはダイエーホークスを指していた。ダイエー以外なら進学を表明していたが、ドラフト会議でダイエーだけではなくオリックスも1位指名し、ダイエーとの抽選の末、オリックスが新垣の交渉権を獲得した。

「校長先生から『オリックスに決まりました』って言われて。『えーっ』っていう感じだった。その時の素直な自分の気持ちが出たんだと思う。プロに行きたかったという思いもあったし、その目標が（意中の球団以外からの指名で）一回崩れてしまった悲しさもあった」

私は、ずっとドラフト会議の結果を気にしていた。ともに意中の球団ではなかったが、苦笑いの松坂に、落胆する新垣。二人のコントラストがテレビのニュースなどで気になった。この後、どのような決断をするのだろうか、と心配になった。

そして、ドラフト会議後、信じられない事件が起きた。新垣のオリックス担当スカウトが自殺したのだ。私は、新垣のことが本当に気になって仕方なかった。

絶望の淵から救ってくれた松坂世代

今でもあまり、口を開きたくない出来事であることはわかっていたが、この20年間を振り返る上で、避けては通れない道だ。18歳で受け止めるには重すぎる事象だし、相当大変だったと思う。新垣は悪くないと思うが、

「そういうもの（スカウトの死）を背負わされた感じはあったの？」

単刀直入に聞くと、新垣は気持ちを整理しながら、言葉を絞り出した。

「背負うものはあったし、だから大学に進学した後は人前に行きたくなかった。大学1年の時は、学校にも行きたくなかった」

試合に登板すれば、心ない野次も飛んだ。

「そうだね。苦しかったっていえば、苦しかった。人と会うことが本当に嫌だった。大好きな野球をやっていて、こんなことになるなんて想像もしていなかったし、18歳にしてはものすごい重かったなって今は思うよ」

私と新垣、そして松坂は、夏の甲子園大会が終わった後に開催されたアジア選手権の全日本のメンバーに選抜され、短い期間だったが一緒にジャパンのユニフォームを着て親交を深めた。だからこそ、友の心の痛みを少しでも和らげたい、分かち合いたいと思っていた。松坂もそうだった。

「ドラフトが終わった後だったかな。ずっと家に引きこもりになっていた時期があった。大輔から電話もらったんだ。『渚は悪くないんだから、もう気にせず頑張ろうよ』ってね。少しは励みになったよ」

一本の電話が心をつないでいた。昔から松坂は、人のことを思いやれる男だ。仲間の窮地は放っておけないタイプ。「お前が頑張れよ！」とか、「今、そんなこと言っている暇はないだろう！」と、こちらが思う時でも、言葉を掛けてくれる。みんなから愛される理由の一つだ。

新垣は、スカウトの事件から立ち直るまでに時間はかかったが、前を向かせてくれたのは大好きな野球であり、ずっと背中を追っていた松坂のプロ1年目の大活躍だった。

キャンプからの松坂フィーバー。プロ初登板となった日本ハム戦で、主軸打者の片岡篤史さん（元・阪神ヘッド兼打撃コーチ）を155キロのストレートで体勢を崩させて、空振り三振を奪ったシーンもそう。積み重ねていく白星に、我々同世代は刺激を受けまくった。PL学園の先輩でもある片岡さんには申し訳ないのだが、「どうだ！ 俺たちの世代のトップの松坂はスゴイだろう！」と自分のことのように嬉しかった。そんな心の躍動が新垣にもあったのだろう。野球に再び、魅了されていくことになる。

「大輔は活躍しているし、高校からプロに進んだ同級生も多かった。その後、大学でも活躍してプロになりそうな選手もいっぱいいた。そんな存在が出てきて、みんなの頑張りで、ちょっとは重く背負っていた部分に対する気持ちが逸れていったというか……。野球をしている自分が好きなんだなって。それだけは変わらなかった」

絶望の淵にいた自分を救ってくれたのもまた、松坂世代だった。

松坂と演じた息詰まる投手戦

再びプロを目指すことで、新垣は再スタートを切った。九州共立大進学後、順調に成長の階段を上っていることは、すぐに東京にいる私たちにも聞こえてきた。リーグ戦で勝ち星を重ね、156キロを計測したと聞いて驚いた。大学選手権にも出場していたし、プロのスカウトがずっと追っていた。

そして迎えた2002年のドラフト会議。新垣は自由獲得枠で、ダイエーに入団することになった。プロ入りの夢を果たし、よかったなと思う。オリックスの指名拒否、4年間待ったことについて、改めて聞いてみた。

「足（すね）のことを考えたら、大学に行ってよかったなと今は思う。当時は体も未完成で貧弱だった。たまたま150キロ出せましたっていう体だったから。高校からプロに行っていたら、つぶれていたと思う。大輔は（体が）ある程度できていたし、1年目から投げられていた。自分は人間的に大きくなるためにも、こちらの選択でよかった。18歳の頃に自分が行きたいと言っていたプロの世界は、ただ行きたかったという期待と憧れ。実際は不安の方が大きかった」

新垣は、松坂大輔と同じプロの舞台に立った。順調に調整を進め、1年目の2003年、4月29日の西武ドームの試合で、ついに二人が先発のマウンドに上がった。投手はバッターと対戦するものだが、この日は「松坂世代の対決」とあって、満員のファンが埋め尽くした。私たち同世代にとっても、大きな一戦だった。

両者、プライドとプライドがぶつかる好ゲームとなった。松坂が9回7安打、4四球、1失点、7奪三振。新垣が8回を8安打、2四死球、2失点、8奪三振（9回の西武の攻撃はなし)。なんと二人とも誰にもマウンドを譲らなかった。軍配は松坂のいた西武に上がったが、息詰まる投手戦を演出した。

見ていて、「アイツよりも先にマウンドは絶対に降りないんだ!」という気概が二人からひしひしと伝わってきた。だが、プロでの経験の差から、ピンチを背負ってもギアを上げて、無失点で切り抜ける松坂の投球の巧みさが勝負を分けた、と私は思っている。

2回に失点したが、3回以降は得点圏に走者を4度背負うも、松坂はホームベースを1度も踏ませなかった。一方の新垣は疲れが見え始めた7、8回に失点。松坂がプロの先輩としての面目を保った。

高校2年秋の明治神宮大会で投げ合って以来の再戦。松坂との距離は縮まっていたのだろうか?

「意外と近かったよ」

その言葉に驚いた。「友達としての関係性の距離を聞いているんじゃないよ?」「チェンジでマウンドに行った時の松坂との距離でもないよ?」と冗談っぽく実力の差を聞いていると念入りに確認したが、答えはそうだった。

ただ、その距離は思っていたよりは近かっただけで、実力差はかなりあると実感させられたという意味だった。新垣は4年間、大学で心技体を鍛え、プロでも戦える投手になった。しかし、松坂はその4年間、プロでさらに先へと進んでいた。そういう解釈だった。同じマウンドに立ったからこそ、わかるのだろう。

「最後まで投げ切るし、しぶといし。技術的なものの差は大きいよね。（投げ合ってい て）精神的にきつかったから。アイツがマウンドを降りるまでは絶対に降りるもんか！ 空元気だけど、まだまだ元気だぞ！ というのをアピールしていた。疲れているのにマ ウンドへ速いスピードで走って行ったりして」

戦力になれないもどかしさに苦しんだ日々

2003年、新垣は8勝7敗。一方、松坂は16勝7敗の成績だった。それでもともに完投数が「8」（参考までに2018年のパの最多は西武・多和田真三郎の5完投、セは巨人・菅野智之の10完投）だったのはすごいことだと思う。しかし、数字以上にピッチングのうまさを新垣は感じていた。

「もうね、プロに入っても大輔は自分が意識するピッチャーだったわけよ。一緒に投げ合っていて感じたんだけど、こっちは必死なのに、なんだか向こうはまだ余裕があるように見える。ノーアウト満塁になっても『大輔だったら、こうやって抑えるんじゃないかな』と、ちょっと気持ちを重ねてみる。そこで一回、負けず嫌いの自分が出てきたりしてね」

他の試合でも、松坂を意識して投げていた結果が、8完投という数字に結びついているのだろう。ただ、走者を背負ってからもう1段ギアを上げて、失点を防ぐという松坂の技術はなかなか真似できるものではない。縮まらない差はそういう部分、投手としての持って生まれた本能だったのかもしれない。

その後、新垣は同じ年のドラフトで早稲田大から入団した和田毅や、鹿児島実、三菱重工長崎を経て、1年先に入団していた杉内俊哉といった松坂世代の3投手で、ホークスの投手王国を築いた。2004年からは3年連続の2ケタ勝利もマークした。しかし、松坂が渡米した2007年以降は本来の力を発揮できず、怪我に苦しんだ。

特に右肩関節炎の怪我はノースロー調整を強いられ、マウンドに立つことが許されない時期が続いた。2010年、11年は一軍登板すらできず、戦力になれないもどかしさが体中を苦しめていた。

松坂が私に昨年までのリハビリで一番苦しかったことは『投手なのに投げることすらできないこと』と言っていた。その苦しみは新垣にはよくわかる。

「若いうちは（登板後の）ケアを、そこまでやっていなかったのかもしれない。完投しているのに、自分自身にちょっと配慮がなさすぎたかなというのがあった。あんな球を投げているのに……。理論で投げているんじゃなくて、感覚で投げていたんだけど、ある時ボールがバックネットに抜けてしまって『あれ？　なんかちょっと調子が悪いんじゃなくて、体がおかしいのかもしれない』と違和感が出た。しまいにはボールが投げられなくなった」

私も大学時代に調子を崩した時に経験があるのだが、ネット社会の現代は、動画サイトで昔の自分の良い時期の投球やフォームを見ることができる。だから過去の自分と見比べてしまうのだ。そうすると、患部さえ治れば以前のように投げられると思ってしまう。そこが一番、難しいところなのだ。

例えば、150キロを投げていた投手が、同じ球速を取り戻すのは難しいし、球速を落として、コントロールを重視するスタイルにするのは、もっと難しい。新垣は一時期、練習でサイドから投げたこともあったが、苦しんでいた。

「そう自分が変化するためには、ものすごい挫折を1度しないといけない。一回、本当に自分を見つめ直す時間ができて、いろいろ考える。それでも野球がしたい、投げたいと思った時、初めてモデルチェンジをする」

そしてユニフォームを脱ぐ決意を

新垣はリハビリ中、近くに見本となる大きな存在がいた。右肩痛でリハビリをしていたホークスの大黒柱の斉藤和巳さんだ。斉藤さんは2007年のクライマックスシリーズの登板を最後に、6シーズンに渡って、手術を受けた右肩からのカムバックを目指しリハビリを続けていたが、2013年に引退した。毎日、肩と相談しながら黙々と6年間も地道にリハビリをされていたと聞き、凄まじいまでの精神力の強さだなと感じた。

「和巳さんも『きつい』と言いながら、復帰へ向けて懸命にリハビリをしていたから、自分もやらないといけないという気持ちになった。大輔は手術してから3年でしょ?俺も肩を痛めて、投げ出し始めたのは3年だった。肩は時間がかかるもの。大輔の場合もやっぱり時間はかかったけど、不安がなくなれば、たぶん投げられると思う。今年はその時期なんだと思う。よかったなと思うし、自分も経験しているからわかる。リハビリって本当にきついんだよね。肩のリハビリは本当にきつい。でも大輔は長いトンネルを走って、ようやく出口が見え始めているんじゃないかな」

リハビリというのは一進一退だ。一歩進んでも、二歩戻ることだってある。キャッチボールをしていても痛いし、調子が良くて投げてもまた痛くなる。そこのモチベーションを保つのが本当に大変なのだ。

右肩痛からなんとか復帰した新垣は、2012年に3年ぶりに勝利したが、怪我をする以前のような活躍はできず、トレード要員になった。そして、2014年にヤクルトへ移籍。2015年には2シーズンぶりに勝利した。

「ヤクルトの時、マツダスタジアムでエルドレッドに本塁打を打たれたことがあった。そこで引退しようかなと思ったこともあった。そういえば彼もたしか同い年。松坂世代は海をも越えるんだね（苦笑）。その時、先輩の石川（雅規）さんに引退を伝えたら、『俺なんてしょっちゅう（引退考えている）よ』と言われて。それで一瞬、目が覚めたりしてね」

2016年は6試合に登板し、1勝2敗。防御率6・67の成績でヤクルトは在籍3年で戦力外通告を受けた。合同トライアウトを受け、打者3人を抑えたが、他球団からのオファーは来なかった。36歳でユニフォームを脱ぐ決断をした。

「翌年の4月に3人目の子供が生まれる予定だった。それを考えると……。やっぱり家族がいるし、ある程度、収入がないと……というのもあった。ソフトバンクから、ちょうどタイミングよく次の仕事のお話もいただいた。嫁とも相談して、考えて悩んで……引退を決めた。決断するのはものすごく難しかった」

今も松坂世代のみんなと一緒に戦っている

新垣は一家の主として、家族を守る決断をした。その一方で和田、そして松坂といった同級生が現役にこだわりを見せている。一緒に争ってきた仲間よりも先に、決断をしなくてはならない現実が待っていた。後悔はなかったのか。

「悔いなし、と思っていたけど、年が明けてから、同学年でトライアウトを受けていた久保裕也が楽天に決まった時は、後悔の気持ちがものすごく出た。その時は初めて後悔したかな。昨年の途中くらいまでは、まだやりたかったなと思う時はあったよ。今はすっきりしている部分の方が大きい」

やっぱり、みんながまだ現役で必死にやっていることを考えると、自分の決断は間違っていたんじゃないかと、つらい思いをしたのだと思う。でも、心残りの部分は松坂世代が今後も頑張ってくれれば、後悔という心の隙間を埋めてくれるのではないだろうか。

「他の（同い年ではない）選手が頑張っていても、あまり何も感じないかな。たまに、同学年の現役選手と食事をしていると、自分が現役引退したことを忘れることもあるくらい」

新垣は引退した今も、松坂世代のみんなと一緒に戦っている気持ちでいる。

引退後の今はというと、ソフトバンクホークスの事業統括本部の興行開発本部、野球振興部に所属。小学生を対象にしたホークスジュニアの監督を務めている。いつもマイペースで口数の少ない新垣が、野球を教えられるの？　っていうのが私の正直な気持ちだが、一生懸命、後進の育成に汗を流している。

「結局、今まで野球をやってきて、ここまで生活もできている。自分ができることといったら、やっぱり野球で還元じゃないけど、子供たちに何か一つでも残せたらいいかなと。一人でも多くのプロ野球選手が出てきたら、これ以上ない仕事だと思う。ゆくゆくは（プロの）コーチになりたいけど、まずは子供たちに教えられないとね」

新たな夢に向かって、新垣は走り出している。ただ、私はとても気になることがある。速球を投げることばかり考え、プロでは〝暴投王〟とまで言われたあの新垣は、子供の投手にどう教えているのか。「コントロールが大事って言っているのか？　それともコントロールは気にせず、腕を思い切り振りなさいと言っているのか？」と聞いてみた。

「ピッチャーはコントロール！　コントロールが悪かったら、使えないもんね。まぁ、そんな俺をよく10年以上も、プロのチームは使ってくれたと思うよね。矛盾しているけど（笑）。野球って正解がない」

同学年の活躍が今の刺激だ。もう、新垣は松坂の背中を追うことはやめ、押す側にまわった。次の夢は「同級生の和田と松坂の投げ合いを、スタンドからビールを飲みながら見ること」と言って笑った。

「大輔はみんなが辞めるまで辞めないと思うよ。野球が好きじゃないとあんなにできない。その『好きだから』ということに関しては、誰も文句は言えない。『好き』ということだけで成績を残してきている。ボロボロになってでも、大輔はあえて、いばらの道を歩いているように見える」

自分も経験した決断の難しさ。松坂大輔の本当の強さとすごさは、そこにあるのかもしれない。

あとは新垣の育てた、コントロールを気にせず、腕を目一杯振って剛速球を投げるピッチャーも、いつか私は見てみたい。

第7章

小谷野栄一

パニック障害との戦い
小学校来の友からヒットを放つ日を夢見て

小学校来のライバルでありチームメート

18・44メートルの距離で、二人は少しだけ笑みを浮かべていた。

小谷野栄一（現・楽天打撃コーチ）は気持ちを入れ直して打席に入り、松坂はなんだか投げにくそうだった。２０１８年5月30日、ナゴヤドームで行われた中日対オリックスの交流戦。小谷野にとっては13年も待った江戸川南リトル・シニア時代のチームメート・松坂との再戦の舞台が巡ってきた。前回の初対戦は日本ハム時代の２００５年。西武のエースになった同級生に、２打数無安打１四球と抑えられていた。

１打席目。小谷野は松坂のボールにうまくバットを合わせたが、一塁ライナーに倒れた。２打席目は四球。３打席目は見逃し三振に終わった。〝読み〟が得意の小谷野の狙いは外れ、攻略することはできなかった。

「マツはカットボーラーになっているイメージだったのに、僕の時は真っすぐが多かった。だから、それに刺された感じ。なんだか、アイツの意地みたいなものを感じた」

日本球界復帰後の松坂は、メジャー投手特有といえる微妙に動く真っすぐ系のボールやカットボール、ツーシームが多くなっている。小谷野はそのような動く球を想定していたのだが、真っ向勝負を挑んできた松坂の球を仕留められなかった。

二人は試合の翌日、グラウンドで話をした。

「僕の方から『最後、あれ（真っすぐ）が来ると思わないよ』とか隠さずにちゃんと言ったら、マッツも『いや、昨日はカットの曲がりが大きかったから、カットに見えないと思った。だから、最後は真っすぐで行った』と返ってきた。確かに、あれはスライダーに見えるほど曲がりが大きかったな。やられたね。あとは近況報告やお互いの家族の話とかしていたよ」

また、ヒットを打てなかった。勝てなかった。そんな思いを巡らせながらも、対戦できた喜びをかみしめていた。

「いつだろうな。マッツから打った最後のヒット……」

小谷野は遠くを見つめて、考えていた。

松坂に感じたレベルの差

松坂と小谷野は東京・江東区で育った。小学校の時、松坂は「東陽フェニックス」、小谷野は「辰巳」という別々のチームで、それぞれがエースとして何度か対戦していた。

「小学校5、6年の時だったと思う。大会ではいつもいいところまで行って、僕らは東陽フェニックスに負けていた。江東区や隣の江戸川区は、少年野球のレベルが全体的に高かったんだけど、あのチームは本当に強かった」

松坂から聞いたことがあるが、東陽フェニックスのコーチは私の母校・PL学園野球部出身の方が務めていた。当時、松坂もPLに憧れていたらしい。小学生とはいえ、しっかりとした練習をしていたから、松坂だけでなく他の選手も中学、クラブチームを経て、東京や神奈川の強豪校に進学していた。東東京の名門・帝京で、甲子園の優勝を遂げた選手も輩出するようなチームだった。

「マツの球は速かった。コントロールは悪かったけど、少年野球ぐらいのレベルだと、ボール球でも振っちゃうんだよね。投げ方は今の原型みたいなのはあったかな。体型はぽっちゃりしていたけど（笑）。選抜チームのオール東京にも名前が挙がっていたほど東京では有名で、ピッチングだけじゃなくて、バッティングもすごかった」

松坂から公式戦で高めの球を三振したこともあったが、長打のヒットを放った記憶もある。区内屈指のライバル関係。後にプロとなる二人の構図はそんな感じだった。

区内で力のあった二人は小学6年生の時、知人の紹介もあって、同じタイミングで江戸川南のリトルリーグの体験練習に参加。年末にチームに入った。野球を離れても仲が良く、中1、2年の時は同じ学習塾に通うほどだった。

「高いレベルの人とやりたいと思っていたので、江戸川南に行ったんだ。マツも来るというのはなんとなく聞いていた。チームに入った時、マツは2番手投手。1番手にはもっと背が高くて、球の速い子がいた。ただ、マツはバッティングが良かったから、野手として四番や五番を打っていたかな。硬式ボールにも慣れていないはずなのに、すぐに対応していた。高いレベルの選手と一緒にやりたいと思っていたけど、レベルが高すぎる選手の集まりだった。僕はレギュラーになれなくて、レベルの差に圧倒されちゃった」

後にプロで打点王のタイトルを獲る小谷野でも、ポジションをつかむのが難しいほどのチームだった。小谷野が経験した最初の挫折、ぶつかった壁は松坂とチームメートになった時だったのかもしれない。ただ、小学生の時に味わった悔しさが自分を知るきっかけにもなった。最初は出られないかもしれないけど、自分のできることを一歩一歩やっていけば試合に出られる。そんな成功体験が、プロになった小谷野を支えていた。

「だから高校、大学、プロに行ってからも、最初から簡単に試合に出られるものではないとわかっていた。小学生の時に『すげえやつだな』と思っていた同級生が、まさか世代の一番上の選手だとは思っていないから、最初は負けたくないというか、追いついてやろうとマツを見ていた。それが自分を高めてくれたんだと思う」

大好きな野球をやる仲間の中に、まだまだ上のレベルの選手がいた。小谷野は野球に対して、横柄になることも、慢心することもなかった。

投手人生が終わった日

シニアで松坂は、1学年上の代でも中心選手として活躍していた。小谷野は最上級生になり、一番・ショートのポジションをつかんだ。松坂は五番でピッチャー。背が伸び、体つきが変わり、本格派の投手になりつつあった。小谷野自身は「3年生になった時、みんなと一緒に試合に出られていればいいというようなタイプ」だったという。

ずっと投手もしていた小谷野だったが、中学生になると登板する機会は減っていった。松坂との差は開くばかり。投げても点差のあるゲームや、松坂が早めに降板した時にリリーフで投げる程度。公式戦の登板は、ほとんどなかった。

ただ、1度だけ、忘れもしない公式戦の登板があった。春の全国大会の決勝戦だった。僅差の場面で、松坂の後にマウンドを任された。

「マツが先発して、最終回の7回。同点でランナー一塁になった時、マツから僕に代わった。おそらく、当時は内野手だった自分の方が、フィールディングがうまいからってという監督の判断で交代になったんだけど、めったにない登板だから、もうテンパってしまった。四球や悪送球とかで、最後１－２で負けたのを覚えている。それで準優勝。マツが抑えていたのに僕で負けた。もう頭、真っ白になっていた」

小谷野の投手人生は、ここで終わったようなものだ。あの村田修一が、東福岡時代に松坂と高校３年のセンバツで対戦し、力の差を感じて投手を諦めたというエピソードは有名だ。それよりもっと先に、松坂を見て投手を辞め、後に活躍する男がいた。

「マツの後に投げているから、たぶん真っすぐを投げても相手打者からすると変化球くらいのスピードに見えるんで、タイミングは合わせやすかったと思う。自分は何が武器だったのかもわからない投手だった。それから一切、投手はやってない。やらせてもらえなかったというのが本当のところだけど。それぐらいのレベルだったんだと思う」

全国大会の常連だった江戸川南シニアは夏の大会で、後に松坂と横浜でバッテリーを組む捕手の小山良男、外野手の小池正晃のいた中本牧シニアに敗れた。

その後、松坂は全日本選抜で一緒になった彼らに横浜で野球を一緒にやろうと誘われ、数ある誘いの中から同校の門を叩いた。小谷野は同じ神奈川の強豪校への進学を目指していたが、横浜に松坂らが進むと聞いて、西東京の創価高校に行くことを決めた。

「横浜があれだけのメンバーを集めて、自分が他の神奈川の高校に進学したら、絶対に甲子園に行けないと思った。中学の時に、創価高校が明治神宮大会で優勝して強かったんだ。地区は西東京だし、いいかなと考え直して決めた」

小谷野は、小中学校のメンバーが「すごすぎた」から、きちんと自分の性格や野球の技術レベルなどをわかっていたのだろう。結果的に、西東京の創価を選んだことで甲子園に出場することもできたし、もし〝お山の大将〟のような感覚で野球をやっていたら、本人の言葉を借りれば「野球人生はすぐに終わっていた」はずだ。

松坂のおかげで足元を見つめ、コツコツと練習し、上には上がいるという精神で野球に取り組んだからこそ、高校、大学、そしてプロでの成功があったのだと思う。

誰よりも近い距離にいたのに遠く感じた背中

江戸川南シニアから、小谷野をはじめ、松坂とバッテリーを組んでいた絵鳩隆雄、クリーンアップを打っていた藤本厚志の3選手が創価に進学。3人とも2年夏からの新チームではレギュラー。小谷野もセカンドのポジションをつかんだ。

その夏。2年生になった松坂の横浜と小谷野の創価が練習試合を行った。一つ上の代がともに甲子園出場を逃し、新チームに早く移行したから実現したゲームだった。小谷野にとって、小学校以来の松坂との対戦となった。

「よーく覚えている。試合は0‐10で完敗だった。マツも投げてきたし、フジ（藤本）

がヒットを1、2本打っただけだったと思う。僕は全く打てなかった。低めのボールと思った球が、ドーンとストライクゾーンに伸びて入ってきた。『何、この球?』って、本当にびっくりした。スライダーも、あり得ないところから曲がってきて決まった。衝撃的すぎて、自分たちはもっとやらなきゃいけないと思えた試合だった。小さい頃からすごいピッチャーではあったけど、高校に行ってあそこまでの投手になるというのは想像もしていなかった」

高校進学からの2年間で、松坂がとんでもない投手に成長していたことを、小谷野は肌で感じていた。

夏の練習試合を終えて、迎えた秋の大会。創価は東京大会で準優勝を収め、優勝した国士舘とともにセンバツの出場権を得た。横浜は関東大会を制してセンバツ切符をつかみ、秋の日本一を決める明治神宮大会にも出場した。

明治神宮大会の大学の部で、系列の創価大学が出場していたため、小谷野は神宮球場へ応援に出掛けた。高校の部では、松坂のいた横浜が試合をしていたため観戦した。かつての盟友が全国の猛者たちにどう挑むのか。楽しみに見ていたら、いとも簡単にねじ伏せ、あっという間に頂点に立っていた。

「こんなにすごい選手だったんだ……」

誰よりも近い距離にいたのに、松坂の背中は遠くに感じた。

「全く歯が立たないと思ったね。他にも沖縄水産で新垣が150キロを投げていたけど、マツの横浜は投打で圧倒していた。『そんなすげえ練習したのか』『どういう環境でトレーニングをやってんだ』とか、そういう興味ばかりが湧いた。はっきりと力の差を見せつけられてしまった」

ほとんどの同世代の選手は、松坂のすごさをこの明治神宮大会や後のセンバツで知り、この選手を倒すこと、追いつくことを目標に掲げて練習に励んだはずだ。私もその一人だった。しかし、小学校の時から松坂の実力を知る小谷野は力の差をすでに認め、追いかけることはしなかった。自分は自分のやり方で、一歩ずつ前に進もうとしていた。

一生忘れないすごい打球

迎えた1998年のセンバツ。奇しくも創価と私のいたPL学園が2回戦で当たった。センバツまでチーム打率が5割8分1厘の強力な創価打線を、どうやって封じればいいのか。先発投手だった私は、試合が始まっても1回、2回……と恐る恐る投げていた。

「いやいや、きっちりPLに完封されたから（笑）。しかも15安打されて0－9。PLは秋の近畿大会ベスト8だから、例年に比べて強くないというような評判だったけど、そんなことは全くなかったね。たしか、僕には四球が1個あって、あとは3打席抑えられた。最後の打席で三振したボール、あのスライダーはめちゃくちゃ良かった。あのコースに投げられたら、プロでもスイングすると思う」

私が小谷野に与えた四球は2アウトから出したものだったので、当時のPL学園・中村順司監督からはものすごく怒られた。三振を取った球は、小谷野の記憶通りスライダーだった。この1球は、春夏を通じた甲子園で私が投げた球の中で、最もいい球だったと自負している。

話が少しだけ逸れるが、実は私には可愛い甥っ子がいる。彼はオリックスファン。「おじさん、小谷野選手から三振取ったんだよ」と、会えば自慢している。今回、本書の取材で小谷野にスライダーを褒められたので、今度また甥っ子に伝えようと思う。

創価は、夏の甲子園に出場することはできなかった。子供の時のチームメートだった松坂は、春だけでなく夏の甲子園の決勝のマウンドでも輝いていた。悔しさやうらやましさといった感情が出てくるのかと思いきや、全く違う思いで小谷野は横浜の優勝を見届けていた。

「全国優勝は、マツと一緒に小学校や中学校で経験していたから、マツが今度は高校でも甲子園で優勝したんだなという感じ。特別、何かを感じたということはなかったかな」

私たちPL学園は春の甲子園は2－3で、夏は延長17回で7－9と横浜に敗れた。実際には力の差は大きくあったが、ＰＬ学園が横浜とスコア上、1点差や2点差の接戦だったため、小谷野は自分の目指す方向性が見えたという。ＰＬとは対戦していたので、その実力はわかっていたからだ。

「まだまだ上には上がいると思ったけど、あれで横浜が圧倒的にＰＬより上だったら、もう野球をやっていなかったかもしれない。さらに二段も三段も上のレベルがあるの？となると、僕は心が折れていただろうね。ＰＬと接戦だったから、頑張れた部分もあると思う」

小谷野は夢であるプロ野球選手になるため、大学で野球を続けることを決めた。まだ世代のトップたちに追いつける可能性があると信じていたからだ。

夏の甲子園が終わった後、高校野球を終えた挨拶のため、小谷野は江戸川南リトル・シニアのグラウンドへ向かった。創価高校に進んだメンバー、そして、時の人となった松坂と連絡を取り合って一緒に行った。

久しぶりに訪れたグラウンドで、フリーバッティングをした。大きな打球が外野手の頭を越えていった。小谷野の後に松坂がバットを持った。

「僕はみんなに『僕も遠くへボールを放り込めるようになったぞ！』みたいな感じで見せようとしていたら、マツはさらに遠くの方までボールを打ち込んでいた。『こっちは野手一本でやっているんだけどなー』と唖然としながら見ていたけど、すごい打球が飛んでいった。あの衝撃は一生忘れない。頭の中にずっと残っている」

江戸川南のグラウンドは道路一本挟んで、ごみ処理場があるのだが、その建物も悠々、超えていったという。

和田から4打数4安打でプロの道へ

松坂はプロへ、小谷野は創価大へ進んで野球を続けた。小中学生の頃に一緒に時間を過ごした仲間が、プロのユニフォームを着て一軍のバッターから三振を奪っていく姿に、テレビで釘づけになっていた。

「純粋な一野球ファンとして、どれぐらいプロで通用するのかなと思って見ていた。マツに近づきたいとか、もう一回、一緒にプレーしたいとかそういう思いはあったけど、『アイツがプロでやれるんだったら、僕もやれる』というようなプロへの物差しのようにマツを見てはいなかった。野球のレベルは離れすぎちゃっていたからかな。そういうことを考えるよりも、今やるべきことをおろそかにせず、野球に取り組んだ方が夢への近道かなって思っていた」

差がついても、松坂がプロで成績を残してくれることが励みだった。だから、大学4

年間、踏ん張ることができた。立教大に進んだ私は、高校時代に〝あの松坂と死闘を演じた男〟という目で見られ、それがプレッシャーにもなり、自分を苦しめて野球を辞めた。小谷野だって、同じように〝小学校時代からのライバル〟という好奇の視線がある中でのプレーだったはずだ。だが、松坂にライバル心を燃やすのではなく、「差がある」と自分の立ち位置をわかっていたことや、「今やるべきことをおろそかにしない」という姿勢を貫き通せたことが素晴らしいと思う。

地道に積み上げてきた小谷野の努力が、大学4年の時に実を結んだ。

「そんなに裕福な家じゃなかったから、就職活動もしないといけないなと考えることもあったけど、どんなに怪我をしても野球はやりたいとも思っていた。そんなことを考えていた時に、和田（毅）ちゃんから大学選手権で4の4を打って……。それで、就職が決まったようなもんだね」

松坂世代が大学4年生になった、2002年6月に行われた全日本大学選手権。小谷野は準々決勝で、ダイエーに自由枠で入団することになる早稲田大の和田から、4打数4安打の大活躍。二塁打を2本も放ち、東京六大学の奪三振王を攻略した。当時の和田から1本、2本のヒットを打つ選手はいたが、4度もあのボールに対応できる選手なんてリーグにはいなかった。私は「めちゃめちゃすごいな」と驚いた覚えがある。打者として和田との対戦経験もあったので、和田のすごさを私はよく知っていたからだ。この試合で和田を見ていたスカウトが「創価大にいいバッターがいるぞ」となった。

「大学ぐらいから、投手の癖や配球とかを読むのが大好きだった。和田ちゃんの癖がわかっていた。映像とかをずっと見て、コーチの人とも一致していた。プロで対戦をした時には、もう癖もなくなっていたけどね」

他の打者は和田を全く打てなかったため、小谷野は走者なしの場面でまわってくることが多かった。無走者の場面での和田の癖があったらしく、頭にインプットされていた。小谷野は読み通り、最終打席まで真っすぐ、スライダー、チェンジアップとすべての球種を完璧に捉えていた。ランナー一塁の場面もあったが、カウントで配球を読んで、外角のストレートを叩いた。大学ナンバー1左腕からの見事な固め打ちで、同年秋、日本ハムファイターズからドラフト5巡目で指名を受けた。

配球は読むものじゃなく誘導するもの

アナウンサーになった私と小谷野の再会は、イースタンリーグ・巨人対日本ハム戦が行われた川崎市のジャイアンツ球場だった。私が試合の実況をすることになったのだ。甲子園で対戦してから、ずっと取材をしたいと思っていたので、話を聞きに行けて嬉しかった。お互いに存在は知っていたが、時間が経っていたため最初の会話は硬かった。試合が終わった後も少し話をした。その日、小谷野はライトに本塁打を放った。「どうやって逆方向のライトにホームランを打つの？」という話をした記憶がある。

それから約15年、日本ハム、オリックスでプレーする小谷野から話を聞かせてもらった。ここまで長く成功したのは、彼の打撃技術に秘密があるのだと思う。小谷野は自分の狙い球を、相手に投げさせるという〝誘導〟ができる。わざと空振りをして、相手バッテリーに全くタイミングが合っていないように思わせて、もう1球、同じ球を投げさせるようにし向けるのだ。そして、同じ球が勝負球で来たら、それを思いっきり叩いて打つ。それを1打席の中で行うこともあれば、1試合で対戦する4打席かけて相手投手に餌を撒き、勝負をかけた1打席で決めることもある。

「ヒットを打つのは、キャッチャーを誘導しないと無理。配球は読むものじゃない。誘導するものだと思っている。毎日、4の1（4打数1安打）でいい。それが僕の生き方。他の同世代のスーパー能力がある人たちとは違うから、ここまで生き残れている」

このような思考を持つきっかけになったのは、稲葉篤紀さん（元・日本ハム、現・侍ジャパン監督）の現役時代の打席での考え方と、元・日本ハムの中嶋聡さん（オリックス二軍監督）の配球論だった。

「一つの球種を張る、というのは大学時代からやっていたけど、稲葉さんから聞いたのは、予想と違う球が来ても対応できる〝二段構え〟にしておくこと。中嶋さんからは配球のこと。捕手がそういうことを考えているなら、自分は打席で優位に立てるような誘導ができるなと自分の中でひらめいた」

こうして円熟味のあるバッターとなった小谷野は、若い選手のいる日本ハムやオリックスを下から支えていたが、成功するまでは、苦しい道のりを歩んできた。つらかったのは4年目の2006年、心の病気ともいえる「パニック障害」になったことだ。

外出すらできなくなったパニック障害

試合中に体調の異変を感じ、打席に立つと心臓の高鳴りが止まらなくなってしまう。呼吸が乱れ、息ができなくなることもあった。その後も打席に入ると同じような症状が起き、人前に立つことすら怖くなった。

「1年間ぐらい、外にも出られなかった。たまに倒れちゃうこともあった。小さい頃から緊張しいというか、吐いたり、お腹が痛くなったりすることがよくあった。国語の授業で『出席番号○番の小谷野』と言われ、教科書を読まされるとなったらもうお腹が痛くなって、すぐ保健室に駆け込んでいた」

子供の頃から予兆はあったが、唯一そんなことを気にせず、自分を表現できるのが野球だった。しかし、そんな野球をも病が奪おうとしていた。

寮では食事がのどを通らない日々が続いた。そんな状況を見た球団から自宅に帰る許可が下り、小谷野は母親の手料理を久しぶりに食べに戻った。食事中にふと母親から「もう辞めてもいいんだよ」と声を掛けられたという。小谷野は安心したのか、その夜、手作りのカレーを4杯も平らげたらしい。心が解放されたのだ。

「親が雰囲気作りをしてくれたんだろうね。パニック障害で野球ができないという状況だけど、母は何も変わらずに接してくれた。張り詰めていたものが少し和らぎ、それからというものあまりプレッシャーも感じなくなった」

私も経験があるのだが、家族から「辞めてもいいよ」と優しく言われると、かえってその人のために頑張んなきゃいけないという気持ちになるものだ。小谷野の気持ちの中のどこかに「親に仕送りをしないといけない」とか「かっこ悪い姿は見せられない」といった完璧主義のような部分があったから、必要以上に気を張っていたのだろう。

「言い方はあんまり好きじゃないけど、それまで『強いところだけを人前で見せよう』としていた自分がいた。親には、一番強い自分を見せたいと思っていたし、どうにかしてあげたいと思っていたけど、母から『そんなことしなくていい』という言葉を聞いて、ちょっと気持ちが楽になった」

親だけでなく、他の人に対しても弱い部分を見せた方が、逆に自分らしくいられることにそこで気がついた。人と接するのがあまり好きではなかった小谷野が「いじられるぐらいの方が楽しいな」と思えるようになり、病気は快方に向かう。少しずつ自分を許し始めるようになり、人前に出る怖さがなくなっていった。

絶望から救ってくれた福良監督と淡口コーチ

一番大きかったのは、当時、日本ハムの二軍監督代行だった福良淳一さん（前・オリックス監督）の支えだった。

２００６年、ファイターズの一軍はリーグ優勝、日本一へ向けて戦っている最中で、病気と闘っていた小谷野は二軍で野球をやるだけで精一杯。野球がやれればいい方だった。その秋のフェニックス・リーグ（教育リーグ）では、福良監督はこの年ほとんど実戦から離れていた小谷野を使い続けた。パニック障害になり、打席に立つのが怖いことも知っていた福良監督は、小谷野にこう言った。

「打席に行くまで、何分かけたっていい。タイムだって何回取ってもいいから、まずは打席に立とう。（途中で）倒れたって構わない。そこから始めよう」

小谷野は、自分の心に寄り添ってくれたその一言で気持ちが解放された。オフに戦力外になることを覚悟していたが、フェニックス・リーグで成績を残した。首の皮一枚、生き残った。

2007年シーズン、小谷野は福良二軍監督のおかげで、キャンプもしっかりできるまで野球に打ち込めるようになり、一軍の戦力となった。今でもこの時の福良監督の言葉を忘れてはいない。

開幕当初はレギュラーではなかったが、懸命に一軍にしがみついた。試合に出られない日が続いた5月2日、敵地・ロッテ戦のナイター後。小谷野は試合に負けた悔しさと、その試合にも出られないもどかしさをぶつけるように、千葉市内の宿舎の屋上で素振りをしていた。

「超悔しいから、一睡もしないでずっとスイングしてやろうと思って、バットを振っていた。どうしたら試合に出られるんだろう。負けて悔しいから、僕みたいな選手は寝ないで練習しないといけないんだ、くらいに思っていた。泣きながら、午前4時とか5時まで振っていたと思う」

午後11時すぎから素振りをし始め、明け方になってさすがに体力の限界が来たため、部屋に戻ろうとした。その時、小谷野は遠くに人影を感じた。当時、日本ハムの一軍打撃コーチだった淡口憲治さんが陰から立って見ていたのだ。

「驚いたよ、素振りを見てくれていたのは。最初はお化けがいると思ったほど（笑）。『なんで淡口さん、そこにいるんですか!?』と聞いたら、『一人で振っているのに、それが終わるまで部屋に帰ることは、コーチとしてできなかったから』と。そして最後に『絶対、力になるよ』『いいことが起きるよ』と言ってくれたのをよく覚えている」

その翌日、淡口コーチは、一塁の先発出場を当時の日本ハム、トレイ・ヒルマン監督に直訴してくれた。小谷野は五番・ファーストでロッテ戦に出場し、なんと第2打席で松坂世代の久保康友投手（当時・ロッテ）から左翼へ本塁打を放った。病気で野球を奪われそうになった男が、2年ぶりの本塁打を放つまでに復調した。

「試合後に、『淡口さんのおかげです』と言ったら、『いや、君が頑張ったからだよ』と言ってくれた」

日本一謙虚な打点王

その後、小谷野はアマチュア時代には1度も経験したことのない四番に抜擢されるなど、レギュラーに定着した。一軍で113試合に出場し、ブレーク。前年の福良さんの言葉や淡口さんの支えがなければ、この成績は残せなかった。

母親や福良さん、淡口さんの言葉が示すように、周囲の支えで心を安定させることが一番の〝薬〟だったのかもしれない。しかし、試合中の打席はあくまで一人だ。緊張して口が渇くと不安に襲われることもあった。そのため、小谷野はもう一つの〝安定剤〟を常備している。試合中になめるアメだ。

「よだれや唾液がなくなると、ちょっと（不安になる）ね。ポケットに入れておくだけでも違う。ポケットには十何個も入っているよ。なめている姿を見た人から『みっともない』とか思われてもいい。もしそう言われたら、自分はそういう症状を持っていると理由をきちんと言えばいい」

最近のお気に入りは、三ツ矢サイダー味。「シュワッ」という炭酸がいいらしい。小谷野を応援するファンはアメをなめている理由を知っていて、キャンプ中のバレンタインデーの時期になると、チョコではなくアメをくれるらしい。「パニック障害」の症状を持つ現役選手は他にもいる。隠すことなく、堂々と病気について語るのは、若い選手が自分と同じように克服して戦えるように、手本になろうとしているからだった。

病気に立ち向かった小谷野は、２０１０年には打点王のタイトルに輝き、チームの主力打者となった。

「あの年は一～三番打者の出塁率がすごく高くて、自分がアウトになっても点が入るような状況。１試合１打点を目指していた」

小谷野はこう謙遜する。私は小谷野を、日本一謙虚な打点王だと思っている。プロで初めて四番を任されて打点王になったのに、2012年には二番でリーグトップの40犠打を決めるなど、指揮官の求める野球に柔軟に対応しているからだ。

「僕がプロ野球選手になった時、日本ハムは弱くて、きれいな野球しかしていない印象があった。泥臭くてもいいから、自分という存在を残せるプレーがしたいと思った。きれいにプレーをしている人よりは、僕の方が首脳陣の方たちに計算できる人間になれると思った」

泥臭いというのは、自己犠牲ができることを指すと思っている。主力になりたいとか、スター選手になりたいと普通は誰もが考える。でも、小谷野は自分が中心選手になろうとはしていなかった。四番で成績を残したのに、なんで二番として使われるのだろうか、という疑問は持たなかったのだろうか。

「元々、そんなプライドないって（笑）。だって、四番なんてプロに入るまで打ったことがないし。自分が四番を打っていてもノーアウト一、二塁の時は、僕にバントのサインは出ていたし。それが自分の役割なんだと思う」

ずっとブレない野球観と感謝の思い

首脳陣から信頼される主力打者として活躍した小谷野は、２０１４年にＦＡ権を行使した。移籍先は、救いの手を差し伸べてくれた福良監督が、当時はヘッドコーチを務めていたオリックスだった。監督から直接、連絡をもらい決断した。

小谷野は日本ハムで一軍に定着した後も、困ったことがあれば二軍にいた福良監督を頼った。一軍のナイター前に、午前中にファームの練習場に行って、助言をもらったことも多かった。

「その時までに支えていただいた恩が大きすぎて。常にいい言葉を掛けてもらって、試合に臨んでいた。福良さんとの時間は楽しいし、勉強になる。ああいう人になりたいと思ってついていこうとした」

倒れたり、吐いたりしながらやっていて、なんとか契約してもらった年から、小谷野は松坂世代を代表するプレーヤーとなった。松坂の存在で知った自分の実力、福良監督に作ってもらったプロとしての自分の立ち位置。自分がわかっているからこそ、ここまで小谷野は長く現役をやれてこれたのだと思う。

「契約してもらえれば、また、来年も大好きな野球を続けられる。そんな喜びが今もある。毎年、毎年、その積み重ね。それでお金をもらえるのだったら、僕は別に（金額は）いくらだって構わない」

頭にちらつく〝引退〟の二文字に対しても、正面から向き合っていた。福良監督を胴上げするためにオリックスへやってきた。尊敬する福良さんが監督をやっている間に「栄一、もういいだろう」と言われて辞めることを望んでいるという。救ってくれた人に肩を叩いてほしい。もしも、そう言われたなら、チームの力になれていないという証しだからだ。

「そこが一番の引き際かな。でも、それをする前に、福良さんを胴上げしたい。オリックスの若い子たちに、勝つ喜びがどういうものなのかというのを感じてほしい。それが一番の願いかな」

私は小谷野の野球観はずっとブレていないと思っている。プロに入った松坂世代の面々と実力差を感じても、〝自分〟を持っていた。松坂大輔という男を小学校時代からライバルに持ち、その力に圧倒された。小さい頃から差を見せつけられてきたが、あの背中さえ見失わなければ、きっと自分もプロになれるんだと目標にしてきた。そういうビジョンを持ち続け、一つひとつをクリアしてきた印象だ。

松坂からせめて1本ヒットを打ちたかった

引き際に関しては、福良監督の存在が大きかった。だが、今年の松坂の復活で気持ちのぐらつきが出ているとも感じた。

「この前、交流戦で対戦して、マツよりも先に辞めたくない気持ちになった。来年も対決したいし、1年でも長くお互いが現役でいたい。だって、まだプロでマツから1本もヒットを打っていないから。記録でマツに勝てることは絶対にないから、せめてヒットを1本打つというのと、彼より先に辞めたくない思いにはやっぱりなった。だって、辞めちゃったらヒットを1本も打てないままになってしまう。絶対に打ちたい」

小谷野のゴールは、なんだかんだでやはり松坂大輔だった。松坂には引き際の美学でさえも変えさせてしまう力があるのだ。

通算のヒット数は、もう1200安打を超えている。その中に松坂から放ったものはない。

「打ったら、ご飯でもごちそうしてもらおうかな」

小谷野はその日が来るのを楽しみに待っていた。私も、もし打つことができたら取材をしたいと思っていた。「高校3年のセンバツの時に、私に空振り三振を取られたスライダーとどちらがよかったですか？」と。もちろん、それは冗談だし、そんなことを松坂が知ったら「いやいや、お前のスライダーと比べんじゃねえよ」と、一笑に付して終わりだろう。さんざん私のスライダーを小馬鹿にしていたから。

しかし、それは叶わぬ夢となってしまった。本作の取材から3か月半後の9月27日、小谷野が引退を発表したからだ。私は、まだまだ松坂世代の戦いに楽しみを持って見たいと思っていただけに、言い知れぬ寂しさを感じる。

小谷野は、引退後に思い描く夢について、こう語っていた。

「学校の先生、指導者になりたいという思いも強いんだ。やっぱり一緒に子供たちとか若い子たちと成長していけるような環境にいたい」

今はプロ野球選手が学生野球資格回復講習を受ければ、高校野球の指導をすることが許される時代になった。実は同じことを松坂もずっと言っている。高校野球の監督に興味があると。

「えっ？　マツも？　意外だわ。でも、やっぱりそうなんだ。影響力がありそうだね」

そうなると、それぞれ、創価高校と横浜高校の監督か。想像しただけでも心が躍る。いつまでも競い合えるっていいなと思った。

松坂世代で少なくなったプロ野球選手の中で、さらに数少ない一軍で活躍する選手だった小谷野。私が実際に対戦したことのある数少ない一人でもあった。小谷野は、もちろんチームの勝利が最優先ながら、いつまでも18・44メートルの間で松坂と戦い続けたいとモチベーションを高めていた。

小学校からのライバル関係。永遠に続いてほしいと思っていた。二人の真剣勝負を見ることはもうできないが、小谷野は来季から同い年の平石洋介監督のもと、楽天の一軍打撃コーチになることが決まった。交流戦や日本シリーズで、ライバル・松坂大輔を攻略するための新しいスタートを切る。

第8章

東出輝裕

冷静な分析力
だが今も持ち続ける投手への夢とロマン

センスの固まりのような男

アナウンサーになってから、実況、リポートの仕事で東京ドームに行く。巨人のホームゲームとはいえ、三塁側の相手チームの情報も頭に入れておくのが私の仕事だ。広島カープが来る時、私はいつも同級生、東出輝裕（広島打撃コーチ）の姿を探している。

東出は福井・敦賀気比の投手兼内野手として、1998年の甲子園に春夏連続で出場。私は日本代表メンバーでも一緒になった。打ってよし、走ってよし、守ってよし。とにかくセンスの固まりのような男だった。高卒ドラフト1位で広島に入団。現役時代から、よく取材をさせてもらった。

引退後、コーチになってからも東京ドームへは試合に来るので、チーム状況や旬の若手選手についての話を聞きに行く。コーチになってからの考えを聞くと、カープの強さの裏に東出あり！　と思うことがある。高校時代、そしてプロ入り間もない頃から話をしてきたので、最近の考え方がどんどん変わっていくのを感じる。

ベンチにいる東出を探し、野球観を勉強しに行く。まるで講義を聞きに行く大学生のような気分になる。東出は視点が他の選手、コーチとは違う。だから松坂やこの世代についてどのように思っているのか、とても興味があった。

私のいたPL学園と敦賀気比は、1998年のセンバツの3回戦で対戦した。3－1で私たちが勝ったが、背番号6の投手・東出に大苦戦した。ラッキーなヒットで初回に先制した後は打ちあぐねた。9回に2点をなんとか追加したが、130キロ台のストレートを、それ以上に速く見せる投球術でテンポよくコースに決められ、全く攻略できなかった。直球とカーブを駆使して、頭脳と制球力で勝負してくる投手だった。

「あの時は、俺が3、4点に抑えていけば、いい勝負になると思っていた。先発はエースの上重が来ると思って、みんなで対策を練っていたけど、稲田（学　大阪ガスコーチ）だった。『稲田って誰やねん！』と思っているうちに出鼻をくじかれて、そのまま抑えられた。上重が先発だったら、うちの打線なら5点は取れていたかな」

確かに、私がリリーフで登板した後ことごとく芯で捉えられ、9回に1点を失い一転ピンチになった。味方の好守備に助けられ、なんとか逃げ切ったが、すごく研究されていてタイミングが合っているのを肌で感じた。私が打ち取った最後の打者は、東出だった。マウンドから見た東出は、一人で投げ抜いてきたせいか、しんどそうで、スイングも金属バットに振られている感じだった。

「あの時は、もうバットを振る体力が残っていなかった。元々、内野手で急に投手になったから、投げ込みもしていない。1試合投げる体力が、そもそもない。腰が痛くて痛くてたまらなかった」

最終回、2アウト。2点差に迫られて、なおも走者を背負っていた。「一番、嫌なバッターを迎えたなぁ」「打たれるかもしれない」と私は不安な気持ちだった。1ボール2ストライクからのストレート。捕手は外に構えていたけど、力んだボールはインコースへ。「やばい……!」と、次の瞬間、東出のバットは空を切り、幸運にも仕留めることができた。

私はこのシーンを克明に覚えているが、東出は全く覚えていなかった。なんでだろう? こんなにいいシーンなのに……と思っているのは、私が投げ勝った立場だったからだろう。

「俺はピッチャーに憧れていたから、打席のことは記憶に残ってない。だから、たぶんピッチャーのことしか覚えてないんだろうね」

今でも持つ投手への強い憧れ

東出は広島に野手で入団し、活躍した。今では打撃コーチまで務めているが、野球を始めた頃から投手に憧れていた。とにかく投手が好きなのだ。元々、巨人のエースだった桑田真澄さんの影響で、持ち球は直球と大きなカーブ。桑田さんの著書『ピッチャーズ・バイブル』を読破し、フォームだけでなく考え方も真似した。

中学時代は投手一本。高校に入学してからは内野手をさせられたが、甲子園大会前の四国遠征で、チームの投手が相次いで打ち込まれ、投手としての出番がまわってきたところ、ピシャリと抑えてしまったため、監督から甲子園のマウンドを任された。

甲子園のマウンドに立つと、その魅力にとりつかれ、他の投手にエースの座を譲りたくないという強い気持ちが生まれた。これは私も、とてもよくわかる。夏は背番号1をつけて甲子園に帰ってきて、東出はマウンドに立った。

「カープの引退会見でも『一番悔いが残るのはピッチャーができなかったこと』とはっきり言ったくらい。正直、高校時代の大輔より、コントロールだけなら、自分の方が上だと思う。だけど大輔の球は、どこに来るかわかっていても打てないキレがある。俺も大輔くらいの才能と体があれば、投手でメジャーに行きたかった」

もしも、生まれ変われるならば「マー君になりたい」と言う。ニューヨーク・ヤンキースの田中将大投手のように、直球とスプリットで相手打者を翻弄するピッチャーになりたいと思っているそうだ。いつまでも、どこまでも、東出は投手に夢とロマンを持っていた。

そんな東出が松坂の投球を初めて見たのは、1997年秋の明治神宮大会だった。北信越大会を制した敦賀気比のナインは、スタンドで横浜の試合を観戦し、レベルの違いに驚いた。

「スライダーが直角に曲がっている印象。同じ投手の視点で見ても、腕の振りが違う。そこで俺は、自分とはタイプが違うと悟った。大輔は腕力でボールを放る。自分はいかに前でボールを放すか、相手の裏をかいて投球するかを考えていた。もしも、上重のようにPLのエースだったら、俺も力で対抗しようとしただろうね」

東出の指摘の通り、私は松坂への対抗意識から、力強い球を投げるため、フォームの真似をした。そのせいで、腰と背中を痛めた。自分と松坂を比較し、同じことをしてはいけないと気づいたから、東出はプロに進み、成功をしたのだと思う。

松坂のピッチングは「別の競技を見ているレベル」

東出と松坂は甲子園での対戦はなかったが、夏の大会後、高校日本代表のAAAアジア選手権でチームメートになり、ショートを守った。背中越しに、そのすごさを改めて知った。

「守っていて、全然、打球が飛んでこない不思議な感覚。守備というより、打撃練習で守っている〝アルバイト君〟みたいだった。試合に参加している気がしない。大輔、杉内、新垣がすごかった。こういうやつらがプロで活躍するんだろうな、と見ていた。打席に立ってみたい。そこで勝負ができるなら、もしかしたら自分もプロで通用するんではないかと思った」

投手にプライドを持ち、魅力も感じていたが、現実はわかっている男だった。血気盛んな18歳。普通は同級生に負けないぞと思うが、東出は松坂のことを「別の競技を見ているレベル」と気持ちを切り替えていた。この頃から、人とは違う道で生きるという思考回路になっていたんだと思う。

日本代表チームで投手・東出の出番はなく、全試合二番ショートで出場して優勝に貢献。決勝戦の勝ち越し点は、東出のスクイズだった。相手バッテリーがスクイズを警戒して大きく外したのを、バッターボックスから空中に飛び、バットを放り投げるようにしてボールに当てた。まるで忍者のようだった。この大会で「内野もできる万能選手」としてスカウトからの評価が上がり、松坂同様、高校生ながらドラフト1位で広島カープに入団した。

〝松坂世代のドラフト1位〟という称号は、1年目からメディアでつきまとった。重圧から伸び悩み、自分らしさが失われてしまう危機はあったのだろうか。少なくとも私は、

〝延長17回を戦ったPLのエース〟として比較されることが多く、勝手にプレッシャーを感じて思うように力を発揮できなかった。

「全くないね。全く。なーんにも思わなかった。そんなこと考える余裕もなかった。上重、うちのファームの球場に来たことある？　びっくりするだろ？　もう、あの地獄から早く出ることだけを毎日考えていた」

広島カープの二軍施設・由宇練習場は、山口県にある。広島市街からだと電車で2時間弱。寮からはバスで1時間かかり、山の中へと入っていく。カープは練習量も多いといわれていて、野球をするためだけに二軍練習場まで行って、寮に帰る日々の繰り返しだった。娯楽は寮や部屋の中だけという生活になる。

西武入団後の松坂フィーバーをニュースで見るたび「サイン書くの、大変そう」「大輔は嫌な仕事も『嫌』って言えないんだろうな」と心配していた。東出の「俺は俺だから」というスタイルは自立を意味していた。

「だから大輔が活躍していても、焦るとかなかった。元々4、5年プロでやれればいいと思っていたし、成功してやろうとも思っていなかった。辞めるつもりで入れば捨て身。自分にとって社会勉強。大学に4年間行く選択と同じことだと考えていた。楽しくやれなければ意味がないし、自分の立ち位置だけは見失いたくなかった。上昇志向もない。もしもそういう気持ちを持っていたら、ＦＡ権を取った時に（条件の良いところに）移籍していたと思う。自分は毎日、いいお酒とご飯と住むところがあればいいというタイプなんだよね」

プロの余裕を感じた松坂の立ち振る舞い

2007年シーズンは138試合に出場し、打率3割1厘をマーク。この年に国内FA権を取得した。「他球団の興味も聞いてみたい」とFA権を行使することも頭に浮かんだが、宣言せずに残留した。

もしかしたら、在京球団からのオファーがあるかもしれないと勝手に予想し、3日間だけ東京で過ごしてみた。しかし、人の多さと渋滞、電車内の混雑に「田舎暮らしの自分には絶対に無理だ」と判断したそうだ。これも東出らしい。

松坂と東出はリーグも違うため、プロ2年目と4年目のオープン戦で対戦しただけだった。4年目の2002年には初回1死の打席で、松坂の150キロ超の初球のストレートをライトへ痛烈な二塁打を放っている。

「対戦はずっと楽しみにしていた。出合い頭で打った後、マウンドの大輔から『初球を打つなよ！』と怒られた。真っすぐを打てて嬉しかったけど、アイツとの距離は、より離れたと感じた」

開幕に向けた調整登板の松坂と、レギュラー獲得へとにかく必死な東出。マウンドで見せた松坂の立ち振る舞いに、プロの余裕を感じていた。あまり対戦することなく、松坂は海を渡ってしまった。力の差があることがわかったが、だからといって何かが東出の中で変わることはない。

「松坂世代って、大輔や（和田）毅、杉内、新垣らへんが最前線で引っ張っていってくれた。俺らは少し離れた後方でやっているだけ。改めて思うのは、大輔をライバル視しているのはピッチャーなんじゃないかな。バチバチ感はあるよね。俺はそれを見ていて『おー！　いけいけー』と楽しく見ている」

アマチュア選手だったが、私もライバル心を持った一人だった。大学という違う場所に進んだのに、松坂があれだけすごいから、自分もそうならなくてはいけないと、松坂を意識して自分からつぶれていってしまった。

プロに進んだ同世代の投手たちは、松坂と投げ合うたびに「松坂世代の対決」と報じられた。ピッチャーは自然と松坂大輔を意識する体になっていたのかもしれない。

感じた距離を詰めようとするのか、新しい道を探るのか。時に世代のトップから刺激を受けて、自分の活力にすることもある。だが、東出はそこまで「松坂を打ってやろう」などと、意識してはいなかったようだ。

自分がどうありたいかを考えて送った野球人生

東出に関して言えば、どちらかというと、巨人の上原浩治さんとか、相手球団の年上のエースに対して、どんなことをしても崩してやるとか、闘志をむき出しにしていた。周りに左右されることなく、自分がどうありたいかを考えて、野球人生を送っていたんだと思う。相手、ライバル、数字どうこうは関係ない。自分の進化、技術の追究が最も重要で、面白味を感じていたようだ。

「打席で、どれくらいの割合で真っすぐとフォークを待ったら、どっちにでも対応ができるのか。この直球をファウルにして、フォークを拾うためにはどうしたらいいのか、とかそういう追究は楽しい。数字には興味ないね」

追究する視野もずいぶん広いなぁと感心する。東出は自分がピッチャーだったから、投げ方を見ただけで、その投手の軸となるボールもわかる。軸がわかれば2、3番目に得意な球種はどのくらいの精度かを見極める。スライダーが得意なピッチャーだったら、カーブの精度がそんなに高くないとか、その反対のパターンも多いとか、投手に関する追究を重ねてきた。人の評価や数字に惑わされることはない、職人のような生き方だ。

だから、テレビや新聞、雑誌の取材を受ける時も物怖じしない発言が多かった。きれいごとを並べるより本音で生きていきたいというポリシーから、着飾ることはしない。生放送で本音を言いすぎて、収録後に球団広報から注意されたこともあったという。

08、09年にはベストナインを獲得。12、13年には選手会長を務めるなど人望は厚く、カープの精神的支柱になっていった。しかし、13年春季キャンプで左膝前十字靱帯断裂。15年からは二軍コーチ兼任となったが、3年間一軍出場がなく引退を決断した。149 2試合に出場し、打率2割6分8厘、12本塁打、262打点という生涯成績だった。

大怪我で選手生命が絶たれ、無念な思いでいっぱいだっただろう。現役に未練なく、ユニフォームを脱ぐことができる選手なんてそういない。東出もその一人だと思っていたが、そこは独自の理論を持つ男。考え方が違っていた。

「怪我した瞬間、もう辞められる、野球をしなくていいんだ、と思えた。ほっとした。ずっと競争の中で突き詰めてやってきたから、しんどかった。開放された気分だった」

前年の2014年限りで引退する意思を固めていたが、球団の強い慰留により、二軍野手コーチ補佐という肩書を選手兼任で任され、1年間引退を先延ばしにした。カープは東出の人柄や貢献度を考え、コーチの道を作ってくれたのだろう。

コーチ1年目からリーグ3連覇

現役にこだわる選手もいれば、東出のようにスパッと辞められる選手もいる。

「野手はしんどいよ。現役生活長かったー。これは投手と野手の違いなのかな。野手では2度とやりたくない」

すかさず私は、

「野手ではってどういうこと？　投手ならやるの？」

と突っ込んだ。

「だって、投手と野手では練習量が全然違う。個人事業主、と団体企業みたいなもん。ぶっちゃけちゃうと、犠牲になる送りバントなんかやりたくないし、言ってしまえば、他人が打たれたボールも捕りたくない（笑）。高校野球まではホームランをガンガン打つ。でも、プロに入れば、『バントやれ』『粘れ』と真逆なことをやらなければならない。何のためにやるのか。それは勝つためとお金のためにやるわけで、本当にやりたい野球じゃない。俺にとって野手は〝我慢〟の連続だった」

頭でこういう野球がしたいと思ってはいても、やっているのは職業野球。東出は現役

14年間、それを全うした自負があった。だから現役に固執することなく、踏ん切りをつけることができたのだろう。ただ、投手だったら、どうかはわからない。松坂のようにとことんやっているかもしれない。

２０１６年からはコーチ専任となり、一軍打撃コーチのポストを任された。すると、いきなり25年ぶりのリーグ優勝を達成した。丸佳浩選手や菊池涼介選手ら主力のことを、入団した時から知っていたのも大きかったと思う。

現役時代に経験できなかった優勝、ビールかけを一軍コーチ1年目から味わうことができたのも、東出が積み重ねてきた結果だ。松坂世代でコーチになったのは、今季までだと楽天の平石洋介（現・楽天監督）や中日の小山良男がいる。その中でリーグ3連覇するなど、最も輝かしい成績を残しているコーチは東出ではないだろうか。

「一番いい時にコーチをやらせてもらったと思っている。自分は選手としては大輔とかに絶対に勝てないような男だけど、いい思いをさせてもらっている。カープみたいに補強も特にしていないチームが優勝できたんだからね」

東出は理論もしっかりしていて、怪我や結果が出ない選手の苦しみも知っている。生え抜きだし、チームのこともわかっている。「いいコーチになっているね」と言葉を掛けたが、きっぱりと否定された。

「いいコーチとは思わない。いい思いをさせてもらっているコーチかな。こちら側も選手も、そう思ってはいけないと思う。好結果を出せるコーチ＝いいコーチという評価は違う。だから厳しく接する」

現状に甘んじない強い意思が伝わってくる。実際に優勝して、心から喜べる選手は何人いるんだろうかと考え、ほんのひと握りであることに気がついた。支配下登録選手70人のうち、一軍にいるのが25～28人。二軍選手はたぶん喜んではいないだろう。その中に自分が指導をしてきた選手もいる。貢献できなかったと落胆する選手のことを考えるからこそ、自分を「いいコーチ」と認めることはできないのだろう。

前田智徳さんの言葉から生まれたコーチの流儀

東出も、一軍出場が満足にできなかった現役最終年にリーグ優勝していたら、心から喜べなかったはずだ。だが、コーチとなれば話は違う。

「コーチはみんな一、二軍問わず、優勝に喜んでいる。たとえ、チーム打率が最下位でも優勝できれば嬉しい。もう力が抜けるなんてもんじゃない。現役時代にヒットを打っても、自分しか嬉しくない。でも、コーチになったら、全員の打率を上げるのが仕事。不思議な話だけど、チームが勝てば本当に嬉しい」

コーチは大変な職業だなと感じる。一軍の打撃コーチは、すでに完成されている選手が困った時に、助け舟を出せないといけない。細かい技術を教えることができるのは、入団間もない若手くらいだ。

「同じバッティングフォームで打ち続けることがいい。けれど、できない時もある。困った時は、『真っすぐはこのあたり』『変化球はこのへんで打て』とアバウトさが大事だよと選手には言っている。なぜなら、野球は遊びだから。俺は実際に頭の中で〝競技を変えた〟から。ボールをキャッチャーに捕らせないゲーム。そうしたら考えが変わる」

東出は現役時代の当初は、きれいに打ち返そうとしていたのだが、とにかくファウル、ファウルで三振をしないよう、バッテリーを苦しめることに集中する打撃スタイルに変えていった。

背景には、カープの大先輩の前田智徳さんの言葉があったようだ。「お前は死んでも三振するな」「捕手がサッカーゴール。ゴールさせないくらいで打っていったら自然にいい構えになる」「お前みたいなやつがきれいに打とうとか、芯で捉えようとかするのではなく、前に飛ばすことを考えろ」。

偉大なバッターの考えは、体に染み込んでいる。前田さんの打撃理論に触れて、導かれた東出の理論が、若鯉に受け継がれている。

カープには、東出より年上の新井貴浩選手もいれば、カープアカデミーから上がったドミニカ共和国出身の選手などもいて、コーチングは大変だと思う。だけど、自分より先輩であっても、物怖じせずに言えるのが東出の強さでもある。自分より体の大きい外国人選手でも容赦ない。厳しい言葉、鬼の形相で叱咤している。主力になりつつある若手選手に対しても厳しい。

例えば、打撃力のある松山竜平選手に対して「お前は打つだけの選手だから。打つことに対しては厳しく言わせてもらう。けれど、一番信頼している」とアメとムチを使い分け、背中を叩いているという話も聞いた。

「バッティングの一番の基本は素振り。とにかく数と質。そこだけは求めている。だけれども、その時いかにコミュニケーションを取れるかどうかが重要。『あれをやりなさい』『これをやりなさい』と言っても、選手は絶対にやらない。『今日はこうやって打っていこう』と個々の声掛けの言い回しは意識しているかな」

選手に命令するだけではなく、チームを引っ張っていってほしいというメッセージを伝えるなど、人によって言葉を使い分けている。指導の中で徹底しているのは「できることをやらない時」は厳しく言う。打った、打たないなど結果で対応を変えることはしない。それが東出コーチの流儀だ。

カープの一体感の秘密

「楽しみな選手はいる？」と聞くと、昨季10年目で規定打席に到達し、３割１分の打率を残した安部友裕選手、若き主砲の鈴木誠也選手、２年目の捕手の坂倉将吾選手、ルーキー捕手の中村奨成選手とどんどん名前が出てきた。

「安部は〝タナキクマル〟（田中、菊池、丸）と同い年で、なかなか芽が出なかったけど、二軍の時から見ていて、口うるさく言ってきた。彼の真っすぐの強さはセ・リーグでもトップクラスだからね。鈴木誠也の打撃のインパクトはエグい。俺が出会ったプロ野球選手の中でタイロン・ウッズ（元・中日）か誠也か、というくらい群を抜いている。室内練習場の打球音を聞いていたら、マシンがぶっ壊れたかと思って見に行ったことがある。１個教えたら１００個を自分で学ぶ、研究熱心な選手。それから捕手で打撃のいい坂倉。同じ捕手の中村はベースランニングがむちゃくちゃ速い。まるで飛んでいるみたいだよ」

未来へのワクワク感が止まらない。そんな目をしていた。

引退した翌年から３年続けてリーグ優勝も果たし、選手時代より、コーチとしてのやりがいを感じているのだろう。緒方孝市監督、引退した黒田博樹さん、新井さん、そして若い選手たちを見ていて、カープには一体感があるなぁと思って見ていた。

「緒方監督とは現役時代、あまりしゃべった記憶がない。そんなに声を出していた印象もない。けれど、今はチームを鼓舞するために、一番声を出している。選手を動かすために『前向きな失敗だったら、何度でもしていい』とか、選手みんなを下の名前で呼んだりしているね。昨年、優勝した時に号泣していたのを見て、えっ⁉ 監督って泣くんだ……と思った。それだけ勝ちたいんだなと伝わってきた。それに新井さん、黒田さんの勝つための犠牲心。チームが勝つために、自分の成績を犠牲にした。それが一丸になった理由だと思う」

2018年シーズン開幕前、評論家のセ・リーグの優勝予想の筆頭はカープだった。3連覇への期待値、可能性を聞くと「無理、無理。うちは補強もしていないし、よくて5割」と控えめというか謙虚だった。

「監督も選手も（3連覇することを）誰も思っていない。昨年、9点差を逆転されて負けた試合があった。こんなチームなんかが（簡単には）優勝できるわけないと思ってやっている。丸とか誠也とかが、秋のキャンプで泥だらけになって練習しとった」

このように東出は言うが、当然のことながら、緒方監督をはじめとした首脳陣、選手たちは優勝を目指している。

物怖じしない田中広輔選手、菊池、丸選手ら主力。頼りになる新井さん、捕手の石原慶幸さん。中堅の捕手・會沢翼選手と年齢のバランスもいい。そして、慢心のない選手、首脳陣たち。今年もカープは強いだろうな、と確信していたら、案の定リーグ3連覇を達成した。

自然と目に入ってくる投手の細かい変化

今季もベンチから鋭い視線で相手チームをにらみ、自軍の野手に助言を送っていた。現役時代から分析することが好きな男だった。投手の癖をビデオで見すぎて、夢の中で一塁ランナーの東出が牽制球を受けたこともあるほどだ。

その夢では、逆を突かれてしまい、慌てて帰塁した。現実世界では伸ばした手が壁に当たってしまい、ゴツッという衝撃で夜中に目を覚ましたという。それが一回や二回ではない。何度もあったそうだ。

私も夢でピッチャーライナーが飛んできて、よけて目を覚ましたことがある。職業病というべきだろうか。

コーチとして、選手たちの打撃練習を見ることに没頭している。データを取れば取るほど面白い。特徴が出るから楽しいという。

「試合中、ベンチの真ん中で投手の配球などを紙に書いている。めっちゃ傾向が出るよ。もう、判で押したように。データを見て、打てなくても別にいいんだよ。(データが)打席の中の、割り切りにつながってくれればいい」

打者は10回中、3回ヒットが出れば3割打者として評価されるもの。投手の特徴を見つけられれば、打つ確率を上げることができる。

よく私が取材させてもらっている巨人の阿部慎之助選手の考えに似ている。一時代を築いた名捕手ならではの視点で、割り切って打席に入っている。練習前にはファウルを打つ練習を行い、狙い球以外はファウルにして、狙い球が来る確率を上げている。後輩の小林誠司捕手には「1日に4打席だったら、全部ストレートだけ待って、1本でもヒットを打てれば、2割5分。全部打ちにいこうとするとどれも打てない。だったら、割り切りも必要。4打席すべて変化球が来て、三振でもいいじゃないか」と話をしたと、以前取材をした時に聞いたことがある。

東出は現役を引退したばかりだから、まだまだ打者としての鋭い感性も衰えていない。例えば、巨人のエース・菅野智之投手が投げ方を変えれば、1球でわかる。田口麗斗投手が踏むステップを変えた時もすぐにわかり、自然と目に入ってきたらしい。投手が良い時と悪い時の違いがわかるため、バッティングだけでなく、ピッチングコーチもできるんじゃないかと思えてしまう。

「すごかったのはカープにいた時のマエケン（前田健太・ドジャース）。後ろで守っていて、今日の投球フォームは体が左に流れているからあまり調子が良くないなと思ったら、次の回には修正されていた。どこで直したの？　と聞いたら、ベンチ横のキャッチボールで、ということだった。調子が悪いと、投手は試合中ずっとダメだったりするけど、マエケンはイニング間で直す。うわっ、なんだこいつ！　と驚いた」

何万球と後ろから見ていたからわかってしまう、とさらりと言う東出もすごいが、プロの高いレベルの話だなと思った。捕手のリードに関しても同じこと。リードする方も性格が出る。分析力のある東出は、先輩捕手に注文をつけてしまうこともあったそうだ。

「1度、配球について口を出したら『ミーティングで話し合ったから仕方がない』と返ってきた。それじゃいけないと思う。なんぼミーティングしようが、こっちから見ている風景と違う。今日の感じ方とミーティングで出た傾向とが違ったら、今日感じた方へ行くべき時だってあると思う」

コーチになった今は、ミーティングでキャッチャーの性格はしっかり勉強しようと自分にも選手にも言い聞かせ、現場の肌感覚を大事に、今日も指示を出している。

松坂に対する分析とエール

今年は、同じセ・リーグの中日に松坂が加わった。東出が直接、打席に立った回数よりも、コーチとして対戦する方がこれから多くなる。高校から20年が経過し、コーチと相手投手の関係性になった。分析の目はすでに「怪物」に向けられている。

「たぶん、うちの安部と松山が大輔のような投手を好む。どんどん打っていくと思う。ソフトバンク時代よりは投げ方はいいかな。ただ、顔を振ってしまう悪い癖は抜けてない。怖さがあるのかな。怖さが抜けるのにもう2～3年かかるのかなと思っている。いい時は、やっぱり顔が全然動いてない」

顔を振ることで、より反動をつけようとする松坂の意識を見抜いていた。松坂自身も自然に出てしまうため、制御するのが難しいと言っていた。体が勝手に反応してしまうらしい。

「今年は登板間隔を空けて投げる感じでいいと思う。少し無理をして投げていないか気になる。肩は、年々良くなるもの。ヤクルトの由規（現・楽天）がそう。だから、大輔は今年リハビリ期間と思ってやればいい。投げて、登録抹消して、また投げて、で。2

～3年したら、また150キロが出せると思う。中日さんが拾ってくれたという恩義を持っているから、またここから2ケタ勝ったりするかもしれない。あんなボロボロまでやろうという気概が、やっぱり俺らは嬉しい。行った先では後輩たちに慕われている。みんな、アイツに憧れてやっている。存在だけでプラスだよね」

東出は一昨年、リハビリで苦しんでいる松坂と会食していた。元気とは言い難く、顔はしんどそうだった。私が松坂と一緒の時も、この3年間はそういう表情をしていた。メジャーから戻り、ソフトバンクと3年12億円といわれる契約をしながら、チームに貢献できていない。その申し訳ない気持ちが表情に出ていたし、今でも「高いお金をもらっていたのに何もできなかった」とこぼすこともある。

東出は松坂を元気づける意味も込めて、食事の席でこのように伝えた。

「仕方がないんだよ。お前は2009年のWBCで国のために投げて、肘を壊した。それをソフトバンクが保険を払ってくれたと思おう。肘が痛いのを我慢して投げて、そのままレッドソックスでも投げ続けて、痛めてしまっているわけだから」

周囲の声なんて関係ない。傷の代償なんだ、と心の重荷を少しでも軽減させようとして、東出はそういう言葉を掛けたんだと思う。私はこの言葉に同感だし、非常に強く胸を打たれた。中にはアンチファンもいるかもしれないが、それ以上に声援を送ってくれるファンもいる。みんな松坂が気になるから、そういう声が耳に届く。

走り続けるのが世代のリーダーとしての義務

そして、同じ席で、東出は引き際についても松坂に思いをぶつけていた。

「大輔が大輔であるために、松坂世代で最後に引退するのはお前じゃないとダメだ。場所はどこでもいいから、最後まで投げてほしい。それが俺らの願い。自分のやりたいように、大輔のスタイルで最後まで貫いてほしい。これは義務。松坂世代のトップの義務だから」

ＰＬ学園の先輩である桑田真澄さんが巨人を退団し、メジャーリーグの夢を貫いたように、松坂も好きなように野球人生を歩んでほしい。高校を卒業してからみんな進路は分かれたが、同世代の選手たちの仲間意識は強いし、一緒に戦ってきた仲間は松坂には先頭で走り続けてほしい。みんながそれについていくために、走り続けないとならない。それが世代のリーダーとしての義務だと私も思う。

松坂世代には、まだ見続けられる夢の続きのストーリーがある。東出が提案してくれた。それは監督としての松坂を見ることだ。

「最近、大輔は将来的に監督をやってみたいとか冗談で言うやろ？　その時は俺を呼びなさい、とも言っておいた。鬼軍曹で俺が入ってやる。投手コーチだけど（笑）」

以前の松坂は「監督」だなんて口にもしなかったが、年齢を重ねて見えてくる世界も変わってきたのだろう。それはそれでまた面白い。松坂世代には名選手もいるし、名コーチになれる存在もたくさんいる。この世代で、いつまでも、野球を楽しめるよなと思える。夢は広がるばかりだ。

高校などアマチュアの監督か、プロ野球の監督になるかはわからない。個人的には〝松坂ジャパン〟を同世代で組閣して、国際舞台で戦う姿を見たいなと思う。私も取材に行きたい。

「○○世代と言われるのが嫌いな人もいるでしょ。でも、俺は逆に言われてありがたい。それは大輔の人間性があるから存在するもの。あれで、うちの堂林（翔太）みたいなイケメンだったら、たぶんそうはいかない。みんな反発する（笑）。大輔はちょっとぽっちゃり目の見た目でも得しているよね」

松坂が聞いたら、ちょっと怒りそうな言葉だが、歯に衣着せぬ東出らしい愛情あるメッセージだった。

松坂が指揮を執る時、その脇を東出が固めてくれているだろう。データと鋭い分析の目を持って。

第9章

平石洋介

今も続く「平成の怪物」との戦い
変わらない松坂への感謝の思い

少年時代から変わらぬ強い意志を持つ男

2018年3月4日、ナゴヤドームで行われた中日‐楽天のオープン戦が気になって仕方がなかった。

楽天のヘッドコーチ・平石洋介(現・楽天監督)が、ベンチで梨田昌孝監督(当時)の隣に位置取り、マウンド上の中日・松坂大輔投手を食い入るように見つめていた。この光景を目にし、私は20年前の延長17回の死闘の様子が蘇ってきた。夏の甲子園の準々決勝・横浜高校対PL学園戦。三塁コーチャーズボックスから、横浜エース右腕の攻略法をなんとか引き出そうとしていた目と重なった。

平石洋介。彼とは中学校の時に入っていた野球チーム、八尾フレンド(現・大阪八尾ボーイズ)とPL学園のチームメートで、今でも良き友人だ。子供の頃から「聡」、「洋介」と呼び合っている仲。野球ファン、特に高校野球ファンの方ならば、平石の名前を聞けば、横浜戦で「三塁コーチャーズボックスから打者に指示を出していたPL学園の主将だ」と思い出す方も多いはず。

しかし、私が知ってもらいたい部分はそこではない。彼がどのように野球と向き合い、生きてきたか。松坂の存在がどう影響し、支えになっていたのか。人間性が少しでもわかってもらえれば嬉しい。

八尾フレンドに洋介がやってきたのは、小学校6年生の終わりだった。当時の私たちの代はかなりの強豪チームで、全国大会で日本一にもなった。そこへ、セレクションを受けに大分からやってくる選手がいると聞いた。大阪近郊の奈良や和歌山、兵庫から来るならわかるが、九州から来るなんて相当覚悟を持って来ているなぁ、と子供ながらに思った。

洋介は小学校6年生まで、大分・杵築市で野球をやっていた。地元ではトップレベルの能力を発揮していたらしい。気づけばいつも一緒にいたが、なんで大阪に来たのか、きっかけを詳しく聞いたことは今までなかった。

「少年野球のチームメートの父が、仕事の関係で大阪の八尾にいたことがあった。『田舎で敵なしで野球をやるくらいだったら、八尾フレンドという強いチームがあるから、そこへ行ってみてはどうだ?』と勧められた。子供ながらに持っていたプライドが刺激され、行ってやるよ! みたいな感じで、練習を見に行ったのが最初かな」

元・巨人のエースでPL学園のレジェンド、桑田真澄さんがOBだったこともあり、私たちの街では野球といえば八尾フレンド。運動神経の良い子供たちはみんなここに集まっていた。最初は、大分からわざわざ来るなんて、どんなもんだろう？　という気持ちで洋介の練習を見に行った。

　ノックや打撃練習を見たが、すごく上手だった。特に外野守備は、私たちの世代のレギュラーといい勝負だった。左投げ左打ち、走・攻・守のバランスが取れたプレーヤー、即戦力だなと感じた。

　もちろん、セレクションは合格。しかし、洋介にとってみれば、ここからが大変だった。大阪には身寄りがない。家族の支えなしで、どうやって生活するのか。中学校から転入するということは、野球仲間や友人とも別れなくてはならないから、精神的にもつらかったはずだ。

「母方の祖父母が、俺のために大分から移り住むと言ってくれた。祖父は胃の全摘出手術を受けていたし、祖母は脳血栓で左半身不随だった。それでも俺のためなら、と一緒に来てくれた。父親からは『本当に行くのか？　やりたいのか？』と何度も聞かれたよ。引くに引けなくなってしまって、『行く！　行きたい！』と言った。でも、内心、誰か止めてくれと思っている自分もいたかな」

　聞かれれば聞かれるほど「行く」と返答し、もう戻れなくなっていった。強い決意を持って、小学校の卒業式の翌日に洋介は大分を離れることになった。「別れはどんな感じだったの？」「泣いてないやろ？」と聞いてみると、

「泣きまくったわ！」

と、強い口調で返ってきた。別れの日のことは鮮明に覚えていた。私は芯の強い洋介しか知らないから、彼が泣くなんて驚きだった。

遠く親元を離れて八尾フレンドに入団

別府発、大阪南港行きのフェリー乗り場には両親ら家族、野球仲間、同級生ら約30～40人くらいが見送りに来ていた。たくさんの色の紙テープを手渡され、洋介は船から陸に向かって投げた。テープは虹のような孤を描き、まるで映画のワンシーンのような美しい光景が広がった。

船内には『蛍の光』のミュージック。洋介は見送ってくれた方たちとの最後の握手の感触を確かめるように、グッと紙テープを握った。涙で景色がにじんでいった。もう「戻る」なんて、言うことはできない心境だったはずだ。

出港して見送りの人々の顔が見えなくなった頃、洋介は、地元の高校で甲子園を目指していた6歳年上の兄からもらった手紙を読んだ。

「内容は、とにかく頑張れというものだったかな。本当にしんどかったらいつでも言ってこい。何かあったらまた帰ってくるのもいいんだから、と」

感情のコントロールが難しい12歳の少年にとって、兄の優しさは心の支えだった。ただ、甘えはしない。大阪で活躍して、進学した高校で甲子園に出場し、プロ野球選手になることが家族や地元への恩返しになると誓った。

そんな感情が入り乱れる中、12時間の海の旅を終えて大阪に着いた。

中学入学と同時に、洋介は八尾フレンドに入団してきた。私たちが仲良くなるのに時間はかからなかった。私は小学校の時は主将だったが、中学になってからは洋介が主将。肝が据わっているし、広い視野でチームを見ることができた。人間性も良かったので、みんなが納得して主将についていった。

同じ塾にも通っていたため、野球だけでなく同じ時間を長く過ごした。練習が終わったら、洋介の家でカレーを食べて、塾に行くというのが日課。お腹いっぱい、食べさせてもらった。大分から一緒に出てきた洋介の祖父母は、体調面の問題から少しでも早く帰った方がいいという家族の意向で、中学2年生の時に大分に戻り、代わりに4学年上の洋介の姉が、大学進学のタイミングで大阪に親代わりとして移り住んでくれた。

「ついてきてくれた祖父母もそうだけど、家族には本当に迷惑をかけた。姉ちゃんも、別に大阪に来たいわけではないのに、大学受験して面倒を見てくれた。自分も大学生になってわかったけど、19、20歳とかって遊びたい盛りの年頃。それなのに、朝から晩まで俺の弁当やメシを作ってくれて、自分の時間を犠牲にしてくれた」

洋介のおばあちゃんだけでなく、お姉さんが作ってくれたカレーは私にとっても思い出の味だった。野球や勉強の原動力になったことは間違いない。お互いの家で遊ぶこともしょっちゅうあった。

ただ、誰も知らない中学校では、心を開くのに時間がかかったという。

「同じ学校に行っている子の家には行かなかったかな。最初の3か月は学校でほとんどしゃべっていなかった。でも、八尾フレンドのチームメートとは共通の話題、テーマがある。上下関係は厳しかったけど、楽しいというか嫌じゃなかった。そうしているうちにだんだん中学校の方も慣れてきて、友達と話をするようになっていった」

その後、私もＰＬ学園に進み、寮生活を経験するのだが、高校生であっても親元を離れること、自分で生活していくことが、練習と同じくらいしんどかった。プロになりたいとか目的意識を持つようになれば、なんとか頑張ろうと思えるが、洋介はそれを小学校卒業の時からやっている。その覚悟がすごい。高校時代から今に至るまで、プレースタイルやメンタル面にも洋介の強さが出ている気がする。

度重なる怪我に苦しんだPL学園時代

ＰＬ学園時代、私は1年夏からメンバー入りすることができた。2年夏はベンチ外でスタンドから応援していたことを考えると、1年でベンチ入りできたのは、とても幸運だった。

洋介は1年の時にベンチ入りこそしていないが、プロに進んだ2学年上で元・近鉄のドラフト1位左腕・前川勝彦投手から、紅白戦でヒットを放つなど存在感を示していた。新チームになればレギュラーで、2年生ながら洋介は主力選手になれると誰もが思っていた。しかし、度重なる怪我で苦しんだ。

1年の夏が終わった頃だった。室内練習場で洋介が打撃投手を務めていた時、ライナーが腹部を直撃し、病院へ直行するアクシデントが起きた。脾臓から出血し、約1週間も集中治療室に入るほどの大怪我だった。その後もしばらく入院して、チームを離れることとなった。

秋から冬にかけて、今度は左肩を痛めた。診断は亜脱臼（肩の関節に過剰な力が加わり、骨の位置が正常な位置から、ずれてしまっている状態）だった。

直接的な原因はわかっていないが、1年生の時から先輩野手のために打撃投手を多くこなしていた。とにかくストライクを投げないといけない。どんな投げ方をしても、だ。上級生に対する緊張感もある。ストライクが入らなくなると上から、下から、いろんなところから手を出して投げ方を変えようともする。

そのうち、自分がどこでボールをリリースしているのか、どういう投げ方になっているのかすらわからなくなった。もう、本来のフォームではなく、体、特に肩への負担がかかりまくっていたのだと思う。

「手術前は、もうボールを投げられる状態ではなかった。『プロに行きたい』なんて恥ずかしくて言えないくらい。毎日が憂鬱で。塁間の距離を投げられなくなった時に、寮の先生に『誰にも言わないでください。僕、野球を辞めたいです』と言った。だけど、次の日に保護者会があるとは知らなくて、大分から親が来ることになっていた。先生がそれで親に知らせてしまって……」

寮長との話し合いの末、1度大分に帰って、家族会議を開くことになった。

「父親は何も言わなかった。母親は『マネージャーでもいいから3年間続けなさい』って。でも、兄貴は違った。『一緒に寝るぞ』と部屋に呼ばれて、『そんなに野球を辞めたかったら、辞めればいい』って。えっ？　なんでこんなに冷たいの？　って思った」

私は率直に洋介の両親、お兄さんはすごいと思った。お父さんは送り出した時と同じで、息子の意思を尊重したのだろう。お母さんは、小学生までしか一緒にいなかったから、可愛い息子にはそばにいてほしかったはずだ。それなのに行きなさい！　と背中を強く押していた。そして大分を離れる時に手紙をくれたお兄さん。一番、自分のことを応援してくれていたはずなのに……。

「兄貴なりの考えがあった。『誰もお前に野球をやってくれと頼んでいるわけじゃない。小学校卒業と同時に上を目指したいと言って、厳しい環境に進んだお前を尊敬していた。でも本当に野球が嫌だったら、金もかかるし、嫌々やるものではない』って。一生懸命、頑張っていた俺のことを尊敬してくれていたみたいだったから『辞めたら、俺は兄弟の縁を切る』とも言われたよ」

満場一致でキャプテンに選出

私にも似た経験がある。大学の時、投手から外野に飛ばされ、野球を辞めようと思ったことがあった。言葉もニュアンスも違うが、両親から「そんなにもう頑張らなくてえぇ。甲子園も見させてもらって、我々はいい思いをさせてもらったから」と言われた。一番そばで見てくれている人から「頑張らなくてもいい」とか「もういいんじゃないか」とか辞めることへの同意の言葉を掛けられると、もう1度、闘争心に火がつくというか、このままでは終われないという気持ちになってくる。不思議な感覚だ。

「うちの兄貴は、普段ふざけたようなやつなんだけど、救ってくれたよね。あの時のことを二人で話そうとすると、『お前はあれで頑張れたなら、それでいいやんけ』とそこで終わり。今、自分がプロの指導者の立場で、状況によって人に掛ける言葉を使い分ける大切さを感じている。だから頑張れ、頑張れ、ばかり言うことはしないかな」

洋介は家族会議を終え、大阪に戻ってきた。つらいリハビリが始まった。投げることができないもどかしさを、洋介は走り込みにぶつけていた。来る日も来る日も外野のフェンス沿いを、黙々と走り続けていた。右肘痛から復活を遂げた先輩・桑田真澄さんを意識していたかのようだった。

桑田さんは巨人時代、リハビリを行っていたジャイアンツ球場の外野フェンス沿いを毎日走り続けたため、走路の芝生が剥げ上がった。弧になったその道は「桑田ロード」と呼ばれるまでになった。

「俺が走ってもグラウンドの芝生は全然、剥げなかったね。しまいには、わざとスパイクで跡を残そうともしたけど(笑)。あんだけロードができるってすごいなと思った」

洋介の努力には、本当に頭が下がる。だから、私たちの代になった時のキャプテン選出投票では、練習できない状態でも腐らず必死にリハビリを続けている洋介に、満場一致で決まった。

新チームになっても、左肩は万全ではなかった。投げられるようにはなったが、ライトの守備ではスムーズに肩を動かせないでいた。

「最初は肩に力も入らない。30～40メートルくらいしか投げられないから、内野のカットマンも近くに来てもらって返球していた。スローイングは本当に悩んだよ。しまいには、(試合中に)ちょっと体勢が崩れたのもあったけど、本塁への返球でカットマンに目がけて投げたボールをスルーされちゃって……。ホーム手前でボールが転々とした。そうしたら、最後は走者にボールが追い抜かれてしまった。ちょっとショックでね……」

20年目で初めて明かした悔しさ

それでも洋介は、自分の気持ちとチームのことは切り離し、主将として振る舞っていた。私も大学で主将をやっていたが、自分が投げられない時期は正直「お前が言うなよ」と思われるんじゃないかと、チームに何か苦言を呈する時に抵抗があった。でも洋介はダメな時はダメとはっきり言っていたし、チームをまとめてくれた。

「聡は覚えていないかもしれないけど、俺はお前と副主将の三垣(勝巳　東農大北海道監督）に相談した。キャプテンになった時は、チームメートに厳しいことを言いづらかった。でも、二人はみんなが投票で決めたんだから、投げられないとかプレーできる、できないは関係ない。どんどん言ってくれと。せっかく選んでもらったから、それで腹をくくった自分がいた」

言いづらいことを、洋介があえて言っている。それを見た私たちは、これは相当気をつけないといけないこと、よっぽど改めないといけないことなんだと認識していた。私たちの代はとても仲が良かった。でも野球になると厳しく、一気に一つになれるチームだった。

私たちは当時の中村順司監督や学校の先生から、1987年に春夏連覇した立浪和義さん（元・中日）のいた代に似ているとよく言われた。立浪さんという絶対的な主将がいて、みんながまとまる。その2学年上の清原さん、桑田さんのようなすごいスーパースターはいないけど、一戦一戦、強くなっていく部分が重なるとのことだった。

それを作り出していたのは洋介だった。伝令に来た時は滑舌が悪くて「何言っているかわかんねーよ」と突っ込まれ、緊張の中に笑いを起こすような男だが、核として絆を強くしてくれた。洋介がスタメンや試合に出ている時は、他の選手がマウンドへ伝令に来たが、洋介ほどの安心感はなかった気がする。

苦しい時の洋介の伝令は私たちを支え続けてくれた。でも、洋介の本当の気持ちを聞いたのは、野球部を引退した20年後だった。20年前の甲子園では、背番号は「13」で2ケタ。外野手の井関雅也（東芝コーチ）とレギュラーを争う立場だった。

「俺はPL学園野球部で初めて、控えの番号の主将だから。すごく抵抗はあったよ。高校の試合って、思い出したくないせいか、実はあんまり記憶がない」

夏の甲子園大会直後に放送されたドキュメンタリー番組こそ見たが、悔しさから当時の映像を振り返って見たことはない。20年前の横浜との対戦、松坂との思い出についても、久しぶりにゆっくりと思い返してもらった。

センバツで松坂に受けた衝撃

松坂大輔の存在を知ったのは、150キロを投げる「怪物」として紹介された雑誌の記事だった。部員の誰もが「150キロなんて出るわけがない。2学年上でプロに行ったあの前川さんだって144キロ。大げさだな〜」なんて思っていた。98年のセンバツ前、私がチームメートの稲田学と肘の検査で甲子園に行った際、横浜が練習をしていた。それを見て、驚いた。寮に戻ったら、すぐに洋介らナインに報告した。「エグいのがおった！」。それが松坂だった。

「甲子園から戻ってきた聡が、そう言ったの覚えているわ。記事も大げさだと思っていたし、『エグい！』と言ったって、実際、自分の目で見るまでは信じなかったけど、センバツは衝撃だった。力感がないのに、ボールがピュッと伸びてくる感じ。試合前のブルペンを見て、みんなが静まり返った。すごいと思ったし、本当に衝撃だったね。今までそんな相手に出会ったことがなかった」

センバツでは両校とも順当に勝ち進み、4月7日の準決勝で対戦した。松坂も評判通りの投球を続けていた。3回戦では村田修一のいた東福岡を3－0で完封するなど、勢いがあった。そして、試合前のブルペンでも、捕手・小山のミットに収まるボールの音は凄まじかった。洋介は準決勝では二番・右翼でスタメンだった。

「バッティングは、タイミングさえしっかり取れればなんとかなるものだと思っていた。でも、この時だけは、自分のスタイルを変えないとあかんと思った。タイミングを取るだけじゃ無理だな、と」

ボールが速い分、動きの中でどこかを省いて対応しなくてはならなかったほど、見たことのない速さとボールの伸びだった。そこに切れ味鋭い変化球が入ってくるからお手上げだった。スコアは2－3の僅差だったが、点差よりも力の差を感じた試合だった。

その後の私たちの目標は明確だった。

「アイツ（松坂）を倒すためにはどうしたらいいのか。そのことばかり考えていた。野手全員で集まっては、いつもその話。『アイツに勝って、日本一になる！』とみんな言っていた。聡は大輔の投球フォームを真似してた。むちゃくちゃ球が速くなってびっくりしたけど、腰を痛めたな（笑）」

負けた次の日から猛練習がスタート。私もセンバツ後、とにかく走った。一番苦しいことをしないと、松坂に追いつけないと思っていた。センバツを最後に勇退された中村監督から河野有道監督に代わり、首脳陣の方たちも『お前たちは横浜に勝ちたいんだろ？』『勝ちたいならやることはわかっているんだろうな？』というスタンスで私たちを刺激してくれた。

打撃投手を務めた時は洋介の言う通り、打者がイメージしやすいように松坂を真似てみた。これまでのフォームだと、そこまで使わなかったせいか、背筋と腰を痛めた。球は速くなったけど、体がついていかなかった。松坂は背筋をはじめ体の後ろ側が異常に強いから、あれだけの速い球が投げられるのだと実感した。

センバツ敗戦後の基準はすべて横浜・松坂

センバツの敗戦後は、練習試合も公式戦も基準がすべて横浜・松坂になった。好投手のいる学校から10点を取っても「松坂が相手だったら、どれだけ点数を取れていたか」とか、申し訳ないのだが、その時に戦った相手投手、学校を見ていなかった気がする。

試合で打線が抑えられた印象はほとんどない。強いて言えば、夏の記念大会、南大阪大会の決勝・上宮戦。6回まで無安打に封じられ、7回に1点を先制された。普通なら「やばいな」と思うぺースだけど、誰一人としておどおどしたり焦ったりしていない。最後は逆転して2－1で勝利し、甲子園出場を決めた。失礼な話だが、私たちはもう1度横浜と戦うまで、負けることなど一切頭にはなく、横浜・松坂を倒すことしか考えていなかった。

横浜も東神奈川大会を勝ち抜いてきた。「横浜と決勝で当たって、勝てれば最高だな」と思い描いていた。1回戦、2回戦と順当に勝ち抜いた。ベスト16の3回戦、佐賀学園（佐賀）と戦う前に、準々決勝の組み合わせ抽選会が行われた。佐賀学園とPL学園の勝者の分のくじは、主将の洋介が引くことになった。

「自分がくじを引く順番は8校中の8番目。横浜の主将・小山良男は7番目だった。だから、6校目が引き終わった時点で、球場がブァーッと沸いた」

再戦は準々決勝に決まった。

戻ってきた洋介に誰かが「おい！　早いよ！」とツッコミを入れていた。確かに洋介のくじ運は決して強くない。2年秋の大阪府大会では「早めに大阪桐蔭とは当たらないようにしろよ」と忠告したけど、4回戦で当たってしまった。その後のセンバツ出場の参考となる近畿大会でも「智弁和歌山（和歌山）はやめろよ」と言っていたら、初戦で当たった。

「あまり、ここの学校は『やめておけ』とか、みんな言わなかったけど、たまに言うと、ことごとくその学校と当たった。でも、両校とも倒してきた。今回（夏の横浜戦）のくじは残り物だから、俺のせいじゃないよ、と思っていたけど」

当たりたくない相手を倒してきた自負もあったし、私たちは打倒・横浜でやってきた。遅かれ早かれ、倒さなくてはならない相手だった。まだ3回戦が終わってもいないのに、みんな俄然、燃えてきていた。

そして、佐賀学園との3回戦は5－1で勝利。私は完投することができた。午後の第3試合を戦い、翌日の横浜との準々決勝は第1試合。午前4時起きになる。登板に備えて、少しでも疲労を取っておかないといけなかったため、私は監督から「リラックスしてこい」という指示を受け、宿舎近くのサウナと大浴場へ汗を流しにいった。

宿舎に戻ると、チームメートが誰もいなかった。みんなバッティング練習をしに、学校に戻っていた。あれは一体誰が言い出したのか。そういえば、誰にも聞いてなかった。「清水（孝悦）コーチの発案だったんだよ。『今から、寮に行って打ちたいやつおるか？』。そしたら全員が手を挙げた。『ほな行くぞ』となった。ものすごい至近距離に打撃マシンを設置した」

松坂の150キロについていけるように、マウンドからマシンを6メートルほど打席に近づけて、目と体に速さを染み込ませ、打ちまくった。この練習は、センバツの敗戦後から本格的に始めた。最初は当たらない選手も多かったが、だんだん捉えだしてきた。3回戦で対戦した投手の直球のスピードは130キロ前後で、約15~20キロも違っていたため、目を慣らす意味合いも強かった。清水コーチも「これなら、大丈夫だ」と自信を深めて、夜にホテルへ戻ってきた。

私はその話を聞いて、感動した。ナインみんなのそういう気概が嬉しかった。こういうチームメートと一緒に野球ができて本当に幸せだと思った。

回を追うごとに目を覚ました怪物

そして、運命の横浜戦を迎える。

洋介はベンチスタート。三塁コーチャーズボックスから声を張り上げていた。横浜の捕手・小山の構えから球種を見抜き、「狙え！　狙え！」や「いけ！　いけ！」でストレートや変化球が来ることを打者に伝達していたと語り継がれているが、実はそうではない。「狙え」「いけ」や「絞れ」というのはPL学園の伝統の声出しであって、打者に球種を伝達するためのものではない。

実際に四番の古畑和彦に聞いても、洋介の声は「聞こえてない」と言っていた。大歓声にかき消され、打席まで届かないのだ。

「もちろん、高校生だから特徴や癖は出るし、大体すぐわかる。あの試合もそうだった。怪物・松坂のすごい球を受けるわけだから、腰の位置が変わるとか、そりゃ（癖は）出る。とにかく小山を攪乱することが狙い。大輔は完成されていたから、そうは崩れない。大輔を崩すのが難しいなら、捕手の小山。自分がこの試合でできることって、それくらいしかないと思っていた。伝達したから打てた、という風になっていることが申し訳ない気持ちだよ」

洋介の言葉を補足すると、バッテリーに揺さぶりをかけていたのは事実だが、それはあの試合に限ったことではない。各打者がしっかりと松坂のボールに対応していた。7点を取ったのは、各打者の対応力の方が大きいと思う。もちろん前夜の打ち込みも、功を奏していたのだろう。

1回表、先頭の田中一徳（元・横浜）はショートゴロに倒れたが、ベンチで「いける！」と手応えを持ち帰ってきた。続くバッターも倒れ、この試合はリリーフで待機していた私は、打者4人ノーヒット（1四球）に「どこがいけるんだ？」と思っていたけど、2回にいきなり3点を奪った。

この日の松坂は、確かに立ち上がりが良くなかった。ボールも本来のものではなかった。しかし、回を追うごとに怪物が目を覚まし、延長に入ってからは凄まじかった。それでも、必死にみんなが食らいついて13安打した。横浜はそれを上回る、19安打で9得点とやっぱり強かった。

洋介は途中出場し、1点を勝ち越された11回にレフトへ技ありのヒットを放ち、大西宏明（元・オリックス）のタイムリーで同点に追いついた。洋介の出塁に勇気づけられたし、この粘りに心の中で「さすがキャプテン」と思っていた。

私は7回からリリーフし、17回裏に常盤良太に勝ち越し2ランを浴びて沈んだが、11イニングを投げた。結果は7－9で敗れはしたが、やるべきことはやった自負があった。春のような力の差はなかったと思う。私はやり切った感があったが、洋介はこれで高校野球が終わってしまうことに、何か寂しそうだった。

控えの背番号をサインすることに抵抗感

翌日、甲子園で横浜は明徳義塾と準決勝を戦っていた。3年生は寮を離れ、解散。帰省も許された。

　私は八尾フレンドへ、報告を兼ねて挨拶に行った。昼食で立ち寄ったお好み焼き店に映っていたテレビでは、横浜が明徳義塾に5、6点のリードを奪われ、松坂はレフトにいた。私は店主に「テレビを消してもらえますか」と頼んだ。横浜が負ける瞬間なんて見たくなかったからだ。

　その頃、洋介は、実家のある大分に向かっていた。実家に戻り、久しぶりに家族と食事し、大阪へ送り出してくれたことや、退部を考えていたところを引き留めてもらったことなど、感謝の気持ちを伝えた。

「伊丹空港で横浜の試合をテレビで見ていた時は、6点差で負けていた。でも、大分空港で見たニュースで、7-6でサヨナラ勝利したのを知って驚いたよ。家族からは野球を辞めなくてよかったな、と言われたかな。本当に辞めなくてよかったと思う。もし、そうなっていたら、学校にも残れない気持ちでいたから辞めようと思っていたし、中卒なので力仕事を探そうと思っていた。あの時は本当につらかったから」

　ただ、洋介には高校野球に対する充実感や達成感はなかった。春のセンバツはベスト4。夏はベスト8の成績であっても、満たされることはなかった。大分を出る時は、必ず故郷のみんなの期待に応える活躍をして、プロ野球選手になって戻ってくると誓っていたからだ。

「自分のことを中学時代から知っている人間は別だけど、高校野球から甲子園を見ている人は〝PLの控えのキャプテン〟と認識している。甲子園に出た後、聡とかショートの本橋（伸一郎）とか古畑が、大分に車の免許を取りに合宿へ来たでしょ？　その時も俺たちに気がついたファンはサインをもらいに来た。聡は名前に背番号の1、本橋は6、古畑は5と数字を添える。俺は13と2ケタを書くことに抵抗があった」

繰り返しになるが、洋介は1学年上の代でレギュラーを張れる能力、技術があった。人間性も抜群だ。だが、左肩の手術から、本来のパフォーマンスを出せずに高校生活を終えた。プロを目指していた気持ちを押し殺したのも、その怪我が原因だった。

そして、大分という自分の原点に戻り、洋介は納得がいくまで野球を続けることを決め、関西の名門・同志社大学に進んだ。

本来のポテンシャルを大学で発揮してプロへ

松坂が1年目からプロで活躍している頃、洋介も本来持っているポテンシャルを大学で発揮していた。1年春からレギュラーの座をつかみ、さらには同じリーグでドラフト1位候補といわれる投手たちからもヒットを量産。リーグ2位の打率を残す活躍だった。

「もしも、大輔が一軍で活躍できていなかったら、プロって一体どんなレベルなんだろうか、と思ったはず。でも、予想通り活躍した。すごいと思ったけど、もしかしたら、頑張れば自分もプロになれるかもしれないと思ったことはあった」

この考え方に、投手と野手の違いが出ているように思う。私のような投手は「松坂くらいの球を投げられないとプロでは戦えない」と思う。でも、洋介のように甲子園で松坂からヒットを打ったことがあれば、松坂がすごければすごいほど、自分に勇気と自信を与えてもらう気持ちになるようだ。

そこでやはりネックになったのが、左肩だった。プロに行くためには、きちんと送球できる肩にしないといけないため、1年秋のリーグ戦を捨てて、左肩の手術に踏み切った。ツテをたどって九州の肩の名医に出会い、回復を見せた。

「ちょっと、久しぶりにプロに行けるんじゃないかと思えてね。大輔の活躍が嬉しかったし、大輔が頑張っていたから、リハビリにも耐えられた」

私は、高校日本代表でチームメートになった松坂とは連絡先を交換し、交流を続けていた。大学に進んでからは、洋介の話題にもなったので、大学4年の時に仲の良い友人として松坂に紹介した。すぐに意気投合して、今でも親交は続いている。

洋介は手術後も大学で結果を残し、ドラフト候補に名を連ねるまでになった。しかし、この左肩、実力は通用するのかと不安だった時期もあったみたいで、プロに直接行くのか、社会人野球を経てからプロに行くのか悩んでいた。

「そんな時に大輔は俺に電話をくれたんだ。左肩のことは気にしない方がいいよ。プロに進めば絶対に大丈夫だからと連絡をくれた。最終的には大学から直接プロには行かなかったけど、今でもその電話には感謝してるんだ」

この一本の電話で背中を押され、洋介にプロの球団が獲得の興味を示していたことで一旦はプロ入りを決意したが、大人の事情というべきかプロ入りを断念し、社会人のトヨタ自動車に進むことになった。そこでトレーニング方法を見直し、左肩を強化すると痛みが癒え、より万全な状態になった。

そして、2004年のドラフト7巡目で楽天から指名を受けて、晴れてプロに。私も本当に嬉しかった。指名直後には松坂からお祝いの電話も受けていた。節目、節目でちゃんと連絡を入れるあたりに松坂の人柄が出ている。

松坂は大学、社会人に進んだ同世代がプロに来て、もう1度対戦することを自分のモチベーションにしてきた。だから洋介にも同じ世界に来てほしかった。「高校からプロに入って積み上げてきた力の差を、みんなに見せるのが俺の役目」とも話していた。対戦そのものも楽しみだが、それが世代の力を上げ、野球界の発展につながるものだと松坂は考えていた。

通算7年間の現役時代

洋介は新球団初年度だった楽天の即戦力として、オープン戦にもほとんど出場した。3月13日の敵地・西武戦では、ついに松坂と夏の甲子園・準々決勝以来の対戦をすることになった。

「最初の打席はアウトだったけど、いい当たりのゴロだったからいけるかもって思ってね。次の打席は左中間への二塁打『あ、俺、6年間、遠回りじゃなかったな』って思えた。ちょうどセカンドベースをまわってオーバーランして、戻った時に（松坂が）セカンドの方まで来て、『お前、何打ってんだよ！』と言うから、『こっちも必死なんじゃ！』といった会話はした」

オープン戦での打率は2割2分2厘だったが、当時の田尾安志監督は実戦向きタイプと評価して、新人では一人だけ開幕一軍の切符をつかんだ。開幕2戦目のロッテ戦では初スタメン。しかし、チームは0－26の大敗。ある意味、思い出の試合だった。4月2日の西武戦でついに公式戦で松坂と対戦。結果は2打数無安打2三振。松坂の言っていた通り、洋介に力の差を見せつけたような感じだった。

「後々考えたら、オープン戦だったから、あのクラスの投手が本気を出すわけがない。性格ものんびり屋さんだけど、余裕がある。俺に打たれようが関係なかった。たぶん打たれたこともアイツは覚えていないんだろうな。シーズンが始まったら、一切歯が立たない。オープン戦のヒットで、距離が縮まったと思ったんだけど」

ただ、高校時代のように打撃フォームの途中を省いたり、それまでのタイミングを変えたりしないと打てないということはなくなっていた。普通のタイミングで打席に立てる手応えがあった。

それに松坂は、洋介の時には、たまに見せる超本気のピッチングだった。その証拠に、帽子を飛ばしながら投げていた。洋介は通算で6度くらい対戦し、ノーヒットに終わっている。対戦はこの年だけだった。松坂は次のシーズンからメジャーに活躍の場を移したからだ。

洋介の現役生活は、そう長くはなかった。1年目は25試合に出場し打率1割7分8厘。野村克也監督になった2年目は2試合の出場にとどまった。一軍出場がないシーズンもあった。通算7年、2011年で楽天から戦力外通告を受けた。31歳だった。

「今年はクビやなというのは、夏すぎぐらいからなんとなくわかっていた。二軍でずっと打っていたけど、一軍に上がる気配もないし、なんとなくそういう時期が来たんやなと思って、すぐに『たぶん、今年で終わるぞ』と妻に言った。シーズンが終わって、あの時、ちょうど星野仙一さんが楽天監督1年目で、その秋から（星野さんの出身地の）倉敷にキャンプへ行くことになった。そこのメンバーにも入っていないし、もう戦力外は間違いないなと思った。（戦力外を）言うんやったら早く言ってくれよ、と思っていた。通告は遅かった」

背中を押されたＰＬ清水コーチの一言

12球団合同トライアウトの申請まで、あと3日に迫った頃、球団に呼ばれた。当時の球団社長と代表から戦力外を言い渡された。このタイミングでの通告になったのは、来季の組閣に時間を要していたためで、洋介にはコーチの打診があった。

「育成コーチを是非やってもらいたいという話になって。そんな話が来るとは思っていなかったから驚いた。コーチ？　と思いながら『返事はいつまでにしたらいいですか』と聞いたら、1週間以内ぐらいで欲しいと言われて……。その後、『これはあんまり渡したくないんだけれども……』と、3日後のトライアウトの詳細が書かれた紙を渡された」

球団は1週間の猶予を与えているが、洋介に与えられた時間は実質3日しかなかった。

トライアウトを受ければ、コーチの確約はなくなる。自分の中では打撃でつかんだ部分もあったため、もう1年現役で勝負をしたい気持ちも強かった。

私は洋介から電話をもらい、「未練があるんやったら、やった方がいい」と言った。でも、コーチは悪い話じゃないし、洋介みたいな人間味のあるタイプは指導者に向いているのではないかとも思っていた。

洋介は3日間、悩みに悩みまくっていた。そして、トライアウトを受けず、育成コーチの依頼を受けることにした。同い年にはまだバリバリで現役を続けている選手もいたし、洋介ももしかしたら、まだできたかもしれない。

「世代でNPBのコーチをまだ誰もやっていなかったから、そちらの道に進もうと思った。もしかしたら、みんなが現役を辞める頃にはやっていないかもしれないけれども。PLのコーチだった清水さんにもそう言われて……」

高校時代にお世話になった清水コーチは今、実家の寿司屋を継いでいるが、洋介にとって人生の師でもあった。高校から同じ同志社大に進んだのも、プロに憧れる一方で清水コーチのような指導者になりたい思いがあったからだ。そんな恩人の言葉がすーっと胸のつかえを取ってくれたという。

「『なんやかんやで、お前は〝縁の下の力持ち〟が似合うんや』と言われて。ここで辞めたら後悔するかもと言っても、『平石、それはしょうがない。現実を受け入れろ』と言われた。『お前、来年何歳や？　まだその年のコーチおらんやろ。それはそれで、やりがいがあるんちゃうんか』とね」

今の松坂のように、最後の最後までやり切れなかったことに、思うところはある。洋介としては複雑だったかもしれないが、指導者の道を選んだことに後悔はないとはっきり言っていた。

指導者としてのポリシー

2012年は育成コーチでスタートしたが、キャンプの1週間後ぐらいに二軍外野守備走塁コーチになった。異例の若さですぐに一軍コーチになり、二軍監督も経験。今年は現場のナンバー2ともいえるヘッドコーチから、監督代行を務めた。

あの洋介が、ものすごい速さで〝出世〟しているのを見て正直驚いているが、ずっと私はそばでその人間力を見続けてきた一人。洋介が地道に、根気よく、時には熱く、冷静に指導し、戦ってきた証しなのだろう。

「自分でもびっくりした。一緒に現役をやっていた選手からすると、俺という人間も知っているし、野球の考えをちょっとは知ってくれているからスムーズに入っていける部分もある。ただ、これから若い選手に『なんでこんなやつに言われなあかんねん』と思う子が出てきてもおかしくない」

現役時代に名前や成績を残したわけではない。ファンからだって「なぜ平石がコーチに？」という意見が出てもおかしくない。プロ通算37安打の男が、1シーズンで100本以上ヒットを打つ選手に指導する。ただ、一流選手が一流の指導者になれるとは限らない。一人でも結果を残す選手がいたら、その人は名コーチと呼ばれる世界だ。

「選手として実績を残したコーチに勝つためには、いろいろな部分の引き出しを持っておかないといけない。見る目、伝え方、知識がないと無理。そのへんは絶対に他のコーチに負けたらあかんとは思っている。選手によく思われたいとか全然ないし、選手に伝える時に自分の立場を守っているコーチは嫌。選手が見てもすぐにわかる。辞める覚悟はいつでも持ってやっている」

洋介の打撃コーチ時のポリシーをいくつか紹介すると「教え魔になったらダメ」「教えたくなってもぐっと我慢して見るのも一つ」「選手が考えたことは尊重する」「自分の考えとは真逆のこと、遠回りしたことをやりだしてもひとまず黙認」「そろそろ悩んできたかなと思った時に声を掛ける」。冷静な目が必要で、どれも声掛けのタイミングが重要だ。

若くしてコーチになれば、それなりの悩みや葛藤もある。自分の実績を知らない若手だけではなく、自分より年上のベテランにも言わなくてはいけない。ＰＬ学園の大先輩で、楽天では選手とコーチの関係性だった松井稼頭央さん（現・西武二軍監督）とよく話をしていたのを見ていた。二軍監督やコーチの時、個人的に指示を出して、稼頭央さんがそれに頷いているシーンもあった。

例えば、チーム全体のアップの動き方だ。ベテランにもなると、最後列で年長者の雰囲気を出しながらゆっくりやることがある。稼頭央さんがそうだったわけではないが、そういうことはしないようにお願いできますか？　というような趣旨のことを言ったと聞いた。

「ベテランの選手だって、試合になれば全力でやる。アップで手を抜くと、そこで肉離れとか起こすことが多い。ちょっと〝抜く〟のがかっこいいと思う時期って誰でもある。そういうのがプロでもある。（監督やコーチをしている時の）二軍ではそれはあかんと思ってね。一軍は他のコーチが指示をしているから、二軍で預かった以上、『アップで一回は必ず、その日の自分の１００（％）でいいので上げてください』とか、ここまで走ってくれと言ったら、『その手前で抜くのだけは、ちょっと勘弁してもらってもいいですか？』みたいな話はした」

その後の洋介と稼頭央さんの関係は、見ていてうらやましかった。打撃コーチになった後も、助言を求められたりして頼られていた。

「全員でやってほしいことを伝えるのは、俺の中でものすごく大事だと思っているところだったから。ベテランがやっていないと、結局年上には言うことができない、みたいに思われる。それに純粋に、稼頭央さんやベテランに怪我をしてほしくない。野球って球際とかものすごく大事で、そういう瞬間に怪我が起きやすい。でも普段からダッシュで手を抜かなければ、怪我の予防につながる」

松坂世代初のコーチから初の監督へ

洋介が、松坂世代最初のＮＰＢのコーチになって7年。今年は、松坂世代としては初の監督代行も務めた。そして来季からは、監督として指揮を執る。気づけば現役時代と同じ年数を重ねてきた。まだ現役を続けている選手もいる中、着実にステップアップして、引き出しを増やしている。

戦力外になった年に監督に就任した星野仙一さんにも約3年間コーチとして仕えた。博識でハートの熱い球界のレジェンドに、たくさんのことを教えてもらった洋介がちょっとうらやましい。

「選手と監督として、1年過ごした。あの年は東日本大震災もあった。星野さんのことを知らなかったから、震災が起こっているのに『お前らは、野球だけをやっておけばええんじゃ』と言っていたから、なんて冷たい人だと思った。翌年から、自分がコーチになって下についたら『この人は、こんなにも裏で考えていたんや』と感激した。そこまで考えているのがわかって、この人について行こうと思った」

どうすれば復興支援になるのかを考えていたプロ野球界。楽天の選手は勝つことがファンサービスであり、復興のシンボルになれることを知った。

現役選手から見た星野さんの印象と、コーチになってから見た印象は違った。だから、洋介は監督と選手のパイプ役になった。監督が選手たちをどれほど気にしているのかを、選手に伝えるようにしてチームの絆は強くなった。そして、2013年にはリーグ優勝を果たし、日本シリーズを制覇。球団創設以来、初めての頂点に立った。

甲子園に出てもレギュラーを獲れなかった悔しさから、大学、社会人に進み、洋介は野球を続けた。なんとかプロに入れたが、7年で戦力外。「まだできる」と思っていたのは自分だけで、周囲の助言から現実を受け入れた。

そこから、指導者になった洋介は「自分は活躍できなかった側の人間だから」という言葉を用いている。もう余計なプライドは持っていない。自分自身をさらけ出し、指導に当たっている。かつて、控えの背番号13を色紙に書くのをためらっていた姿は、そこにはない。

「結果を残し続けた選手にしかわからないこともあるよ。例えば、日本シリーズを選手で経験したコーチは、戦い方を教えることができるけど、俺は出ていないからできない。それはもう、今さらどうすることもできない。でも、活躍していないからこそ、こういうことだけはしてほしくないと伝えたいし、できれば〝活躍した側の人間〟になってほしい。（自分は）活躍できなかった側の人間であったことは事実だから」

上に立つ人間に、それができない人は多いと思う。少しでも、自分を大きく見せようとする傾向があるのではないだろうか。洋介は自分を受け入れたからこそ、道が開けていったのだと思う。

松坂世代と呼ばれることに誇りを持てる理由

今年のオープン戦で楽天は好調だった。打線がつながりを見せていた頃、冒頭の中日・松坂の登板試合とぶつかった。再起をかけた大事な一戦。この日の登板で開幕ローテ入りが近づくかもしれなかった。洋介の携帯電話には松坂からメールが入っていた。

「『ちょっと、楽天の打線やべぇじゃん、怖いんだけど……。明日は勘弁して……』って（笑）。なんかそうやって、うちのことを気にしているのは嬉しかったよね。実際に対戦してどう感じたかはわからないけど」

楽天打線は松坂と2イニング対戦し、2得点だった。洋介はこのオープン戦で、選手たちに次の塁への意識づけを行っていた。松坂の癖がベンチで見てわかったようで、選手たちに盗塁のサインや、自分の判断で行けたら行ってもいい、と指示を出していた。あの夏から20年後も変わらず、また洋介は松坂攻略の糸口を見つけようとしていた。

楽天打線が嫌だな、と本当に思わせたい。

洋介は、20年後の今も松坂と戦っていた。延長17回の死闘のさらに延長戦というか、第2ラウンドといったところか。高校で負けた。プロでも負けた。今度はコーチとして、監督として松坂を倒そうと、その時を待つ。

ベンチから見た松坂の姿は手術を受けていることもあり、20年前の投球フォームとは全然違う。20年も経てば、おっさんになっていて風貌だって違う。環境だって、チームの立ち位置だって違う。それでも、昔から知っている仲間は「変わってないな」と思ってしまう。

「何気ない仕草が変わってないんだよね。ベンチ前でキャッチボールをすると球場が沸いて、その後、距離を長くして遠投する。助走をつけて投げる。あれを見て、高校の時からの調整方法をまだやっているんだなと思った。それにマウンドがよく似合う」

楽天とのこの試合、洋介が最も「変わっていない」と感じたプレーが2回表にあった。

楽天のウィーラーが本塁後方にファウルフライを打った。捕手の守備範囲だったが、松坂は小走りでホームベースに近づいていった。走者はいなかったからベースカバーに行く必要もないのに。捕手が打球を追っている時に、グラウンドに落ちたマスクとヘルメットを拾うと味方捕手に手渡した。

「なんであそこまでボールを追うんだろうと思ったら……。ああいうのを見たら嬉しくなるよね。あれだけの実績のある投手が、そこまで何気ない気配りができるなんて、仲間を思いやる気持ちっていうのも、ずっと変わっていないんだな」

世代の先頭に立つ男が、気配りのできる人間性だから、私たちは松坂世代と呼ばれることに誇りを持てているのだ。

20年の時を経ても続く松坂との戦い

今の松坂に対しては、どう思っているのだろうか？

「いろんな人が言いたいことを言っていたし、現役を辞めた方が、絶対楽だったと思う。引退後は指導者にもなれるだろうし、テレビやメディアの仕事だって引っ張りだこ。困ることはなかったのに、一番しんどい現役続行を選んだ。家族への思いだってあるだろうけど、本当に野球が好きなんだなと思った。すごい男だよね。それに今、日本のプロ野球界には、大輔が前に日本にいた時に対戦している選手がほとんどいない。なんか俺らの大輔は、こんなもんじゃないんだというところを見せてほしい」

相手球団の指揮官なのに、ここまで松坂のことを応援できるのは、それだけの感謝の思いがあるからだ。対戦を強く望んでいるし、おそらくそうなったら、足でかき回したりすると思うが……。

「俺が他の年代の選手だったら、同じような手術をして、頑張れたかどうはわからない。プロを身近に感じることもできなかった。何かそう考えたら、松坂世代に生まれてよかったかなと。おかげでいろんな意味で注目された。だから、もう本当に、大輔は自分の納得するところまでやってほしい。あれだけ球場の雰囲気を、いまだにキャッチボールしただけで変えられるんだよ。アウトを一つ取って、ワーッてなる投手、そうはいないから」

松坂はソフトバンク時代、1試合だけ一軍戦に登板した。一昨年の10月2日の楽天戦だった。日本球界復帰後初登板だったが、コントロールを乱し、8回から4番手で1回3安打、2四球、2死球でなんと悪夢の5失点。

洋介は当時、楽天の二軍監督だったため、映像で確認した。選手が打席に立った感覚はどうだったのか、コーチとして、友として知りたかったため、対戦した後輩の銀次らに「松坂はどうだった？」と聞いてまわった。返ってきた答えはみんな同じだった。球がどうとか、投球内容がどうとかじゃなくて、対戦できるとは思っていないような領域の選手だから「めちゃくちゃ嬉しかった」と喜ぶ選手ばかりだったという。

暗闇を走っていた松坂はもういない。

洋介は今季、ヘッドコーチから監督代行となり、来季からは松坂世代初のＮＰＢ監督として楽天を率いる。指揮官となって感じた率直な思いを聞いてみた。

「監督は孤独だよね。これは選手やコーチ時代には感じたことのないものだった。コーチの時は、監督に提案はしても決断はしない。でも今の立場となってからは、決断しなければならない。指揮官として決断する難しさや、覚悟が必要だということを知った１年だった。それと、勝つ難しさも知った。勝つ喜びというのは、選手、コーチ、監督時代のどれも嬉しいんだけど、監督としての勝利が一番嬉しいね」

世代初の監督としてのプレッシャーはあるのだろうか？

「松坂世代は、監督としても優秀だと示したいし、『まだ若かった』とは言わせたくない。そのスタートを自分が切るんだというプレッシャーはあるね。あとメジャーでは、現役時代に名選手じゃなくても名監督になるという例がいくつもあるよね。俺はプロ通算37本しかヒットを打ってないけど、そういうプロでの実績が大したことなくても、監督としてやっていけるんだというアメリカ的な流れを作りたいと思ってる」

今年引退した小谷野と後藤が、それぞれ楽天の一軍打撃コーチ、二軍打撃コーチに就任することも発表された。小谷野は小中時代、後藤は高校時代、松坂とチームメートだった。この時、すぐに松坂から「二人をよろしくね」というメールが洋介に届いたという。松坂はそういう男だ。だが戦いとなったら話は別だ。松坂世代3人の力を結集させて、全力で松坂を倒しに行く。

洋介は指揮官として、当然勝利を目指す。だが、どこか心の中で「どうだ、俺たちの松坂大輔はやっぱりすごいだろ」と思う洋介もいるはずだ。二人の戦いのストーリーはステージを変えて、20年の時を経ても、まだまだ続いている。

第10章

松坂大輔

「松坂世代」の牽引者
世代全員分の思いを背負って投げ続ける

怪我から甦った怪物

この勝利と笑顔をずっと待ちわびていた。4月30日、ナゴヤドームで行われた中日－横浜ＤｅＮＡ戦。松坂大輔は今季3度目の先発で、6回114球3安打1失点の好投を見せ、自身4年ぶりとなる勝利を挙げた。日本での白星は、西武ライオンズ時代の2006年9月19日のソフトバンク戦以来、4241日ぶりのことだった。

15年から昨年まで3年間在籍したソフトバンクでは、右肩の痛みと闘い、1試合だけの登板にとどまった。その後、自由契約となって移籍先を探し、中日の入団テストを受けて合格した。それまで怪我のリハビリ、戦力外通告と投げることができず苦しんでいる姿を見てきただけに、私の感慨もひとしおだった。

まずは、その1勝を松坂に振り返ってもらった。

「12年ぶりに日本で勝った日は、めちゃくちゃ嬉しかった。けれども、次の2勝目が大事だと思っていたから、感慨に浸っている暇なんかなかったし、1勝するためにやってきたわけじゃないから。その1勝が本当に遠かったけれども、しちゃったら、その日でおしまい」

気持ちはその日の夜に切り替えていたが、本当にその1勝は遠かった。

14年オフにメジャーに別れを告げて、福岡ソフトバンクホークスと契約を結んだ。9年ぶりに日本球界へ復帰したが、15年8月に右肩内視鏡手術。実戦登板を求めて、回復後は16年オフにプエルトリコで行われたウインターリーグに参加した。その後オープン戦でも登板できるまでに復帰したが、またもや右肩が悲鳴を上げた。回復しては痛めての繰り返し。苦しいリハビリ生活が続いていた。

昨年は、〝引退〟の二文字も頭の中にちらついていた。

「ホークスのフロントの方に『契約しない』と言われる前から、クビになることは覚悟していた。その後どうしようか、と考えた。投げられないのであれば、他球団にリハビリさせてほしいから契約してくれなんて言えない。もう(現役を)辞めるか、1年間休んでも、次の年に復帰するか。どちらにするか考えた」

自宅のあるアメリカに戻り、トレーニングやリハビリをする浪人生活も視野に入れていた。日本球界にこだわらず、韓国や台湾、アメリカの独立リーグでも契約できれば投げるつもりでいた。

「どこにも所属できなくてもいいとは思っていたけれど、現役を辞めるという選択肢はなかったかな。トレーニング、リハビリを徹底的にやって、それでも投げられなかったら、その時は辞めていたかもしれない。でも、どうだろうな。俺、諦めが悪いからさ。9割方、辞めるという気持ちにはなったとしても、1割くらいは、もう1年やってみようと思ってしまう自分も絶対に出てきただろうし」

諦めの悪い男

戦力として手を差し伸べてくれた中日のおかげで、今年はオールスターゲームに出場できるまでになったが、1年前は暗闇の中だった。その当時は、セントラルリーグの先発投手を務めているなんて、本人も想像すらできなかっただろう。

「心理的に、やっぱりしんどかったよね。いや、本当に昨年の9月の終わりまでキャッチボールもままならないくらい、ほとんど投げられなかったから」

自分が試合で投げている夢を、何度見ただろうか。投げるたびに自分のユニフォームも相手打者の顔も違っていた。NPBの球団だったり、メジャーリーグの球団だったりもした。それだけどこでもいいから投げることを、勝つことを、心の底から欲していた。

ホークスでのリハビリを、同級生の和田毅が近くで見ていて「相当、しんどかったと思う」と話していた。和田も手術を経験した投手だからわかるのだが、特に肩の手術から復活するのは難しく、松坂の肩の状態は一進一退。少し光が見えたのに、その後に二歩、三歩と状態が後退することは、すごくつらいものだ、と。そこでモチベーションを保つのは精神的にしんどい。心が折れてしまいそうになるという。

ホークス時代にも私は松坂と会っていた。苦しい表情をしていた時は、私の右肩と変えてあげたいと心底思った。そのまま伝えると松坂は、

「要らない。お前の肩だったら、このまま自分のでいいよ」

と、私の肩ではプロでは戦えない、と笑いながら拒否された。まだ、冗談で切り返してくる元気だけはあった。

この時は、松坂世代の張本人が終焉を迎えるのかと胸が苦しくなった。しかし、不安は杞憂に終わった。今季は6勝をマークし、見事にカムバックした。38歳の誕生日だった9月13日の阪神戦では、5回1失点で6勝目。横浜高校時代に春夏連覇した思い出の甲子園球場で勝った。20年前のこの日は、同じ甲子園で高校日本代表のユニフォームを着て、アジアの頂点に立っていた。

この日の阪神戦でのヒーローインタビューには、胸を打たれた。前日までに、その高校日本代表で一緒に戦った同級生たちが相次いで引退を表明して迎えた登板だったため、松坂はこう力強く宣言した。

「村田、後藤、杉内が引退を決めた。彼らの分も気持ちを込めて、俺は『もう少し頑張

るよ』という決意表明の日にしたいと思った」

松坂世代のストーリーは、まだ終わらないと確信した。諦めの悪い男がいるからだ。

世代のトップにいる自負

私たちの世代のほとんどの選手が、高校生の時に松坂の150キロの剛速球、消えるスライダーに驚き、とんでもない怪物がいることを知った。一方で、松坂の目には誰がすごい選手と映っていたのだろうか。

「1学年上だと（1997年の）センバツを見て、智弁和歌山のエースだった高塚信幸さん（元・近鉄）。同世代だと、その年の夏に甲子園に出ていた高知商の（藤川）球児と豊田大谷の古木（克明　元・横浜）。球児は球が速いし、古木のホームランには度肝を抜かれた。全国にはこういう選手がいるんだ、と意識したかな。（新垣）渚のボールも速いと聞いていた。明治神宮大会の決勝で対戦して、予想通り速かった。でも、たぶん自分のほうが速いと思った」

藤川、古木という同い年の2年生が、自分が出場できなかった甲子園で躍動している姿に、ライバル心が生まれた。松坂はこの二人だけではなく、他にも強力なライバルがもっといるのではないかと予感していた。翌年の全国制覇を目指し、まだ見ぬライバルたちより早く、新チームで練習を開始した。横浜は秋の神奈川、関東を制して、センバツ切符を手にしただけでなく、明治神宮大会でも優勝。しかし、松坂に日本一の実感や自分たちが強いという意識はなかった。

「そこ（明治神宮大会の決勝戦）にたどりつくまで、たくさんの選手を見たわけじゃなかったから。やっぱり甲子園で戦わないと、どんな選手が全国にいるかなんてわからない。自分が一番だと思いながらセンバツに乗り込んで、優勝することができたあたりから、自分たちが強いと感じるようになった」

センバツでは、東福岡の村田や関大一の久保らとの投げ合いを制して優勝。その春以降は、自分が世代のトップにいる自負を持つようになった。

「自分で意識をしなくても、周りにさせられる。当然、優勝をすれば、打倒・横浜、打倒・松坂というのは嫌でも耳に入る。でも、単純だったのかもしれないけど、自分の中では『負けるはずがない』と思っていた」

これは決して、うぬぼれではない。自分たちのやってきた練習に自信を持っていたからだった。

「夏の練習、冬の練習と自分たちが日本一だ。これ以上苦しいこと、きついことはないと思っていたから。ＰＬ学園も同じような感覚だと思うけど、寮生活をしていたら、試合をしている時の方が楽という感じはしない？　だから、強い高校と当たる時も、緊張なんて全くなかった。練習とか普段の寮生活の方が、どちらかというと緊張していた気がする」

松坂と出会ってから約20年の間、1度も「試合で緊張した」と聞いたことがなかった。投手という生き物はマウンドに立っていると、どこか半信半疑になったり、不安になったりするものだ。それが緊張につながることが多い。でも、松坂は違う。自信と実力を兼ね備えている人間に、敵うわけがない。そんな怪物に、私は勝とうとしていた。

怪物の原型は怪我の功名

周囲からは「平成の怪物」「野球の申し子」などと言われてきた。松坂のすごさは、高校やプロなど、どの時期を切り取っても語れる。松坂自身が人と一線を画していると感じ始めたのはいつだったのだろうか。

「う〜ん……勘違いをしていたということも含めれば、小学校6年生の時かな。小4からもう1学年上の試合に出ていたし、自分の同世代の選手は江東区とか東京都では見ていたけど、自分よりうまい選手はいないなと思っていた。俺、投げても球が速かったし、打てば飛ばせたし」

小中学校のチームメートだった元・オリックスの小谷野の証言通り、松坂は小学校の頃から実力は群を抜いていた。この時から持っていた自信をいまだに失っていないところがすごい。そんな男を見習ったり、どこかで意識して動作を真似して取り入れたり、同世代は何とか松坂に近づこうと努力した。この本の取材でも、真似をしていた選手が多くいたことを伝えると、

「そうなの？　大学時代のタテ（館山）からは（捕手からの返球のボールのキャッチの仕方を）『真似しているよ』と聞いていたくらいかな。俺は同世代の何かを意識したり、真似をしたりしたことはないかな」

私は、センバツの準決勝で横浜に負けてから、松坂に勝つためにフォームを真似して球速を上げようと試み、背筋を痛めたことがあった。大学時代も、松坂からもらったグラブを使って、松坂の何かを感じ取ろうとした。強くありたいとか、気持ちを落ち着かせるためだったが、超一流は違う。何かにすがることなく、自分にはどんなフォームが合っているのだろうか、と追い求めることが一番確実で、成功する作業なのだろう。

松坂の投球フォームを〝完コピ〟するのは、難しかった。

指導者から、「右足はプレートを蹴りなさい」と教わることが多い。蹴った力で投げるボールに力を加えるためだ。普通は腕を振る時にそのまま右足が前に出て行くのだが、

松坂はその右足がドンと地面に着いたまま、前に出てこない。それが私にとって、衝撃的だった。そうすることで、足から得た力が逃げずにボールへ伝わるため、球が速くなることがわかった。だが、相当背筋が強くないとできないフォームだったため、私は一瞬、似せることができても、持続することはできなかった。

「背筋だけは昔から強かったからね。ただ、高校入学前は、右足が跳ねるように前へ出ていたよ。渡辺（元智）監督には、突っ込み癖があるから右足を残せと言われた。『プレートは蹴らなくていい。右足を残しながら体重移動させていけ』と。それで投げているうちに、あの足の使い方になった」

松坂は小さい頃、交通事故に遭い、右膝の皿にヒビが入る怪我をしている。そのため、他の人よりも一回り皿の部分が小さい。松坂を育てた横浜の小倉清一郎元部長は、それが影響して右足の蹴る力が弱いのかもしれないと分析していた。松坂の投球フォームは「膝を使えていない投げ方」と言われていたが、使えていないのではなく、実は使えなかったのだ。

「確かに『右足で蹴りなさい』と言われても、あまり蹴れていなかった。だから、ずっと膝を使えていないと言われていた。監督や部長の指導で、使えないんだったら使わなくていいと逆転の発想になった。後ろに（体重を）残せるようになってから、急に球が速くなった。1年の秋くらいかな、直前の夏まで130キロ中盤だったスピードが、フォームの矯正をやってきて、秋の県大会でいきなり140キロが出た」

松坂は無駄のない力の入れ具合で、スピードが出るようになった。和田が大学1年の時に、右手の使い方を変えただけで球速が上がったのと形は似ている。フォームがぴったりと自分の体にはまったのだ。甲子園で150キロを連発した怪物の原型は、まさしく怪我の功名だったのかもしれない。

練習試合で起きた〝事件〟

松坂の高校時代の話は、これまでテレビや本、雑誌、新聞などのメディアで数多く紹介されているが、まだあまり知られていないようなエピソードもある。

横浜・渡辺監督のカミナリが松坂に落ちなかったら、チームは浮ついたまま夏の大会を迎え、他校に足をすくわれていたかもしれない。実は、部員が丸坊主から髪の毛を伸ばそうとしていた時期があったのだ。

松坂曰く「横浜高校の都市伝説みたいなもの」の中に、センバツ出場の確定ラインとされる秋季関東大会でベスト4に進んだ場合、髪の毛を伸ばしてもよいということが代々、伝わっていたそうだ。本当のところはわからない。

「それで、俺らはベスト4というより優勝した。キャプテンの小山（良男）と副キャプテンだった俺が監督に話をしたら、『お前らの目標はどこなんだ？』みたいなことを言われた。もちろん、全国制覇ですと言ったら『だったら、センバツで優勝してから伸ばせ』と一気にハードルを上げられた」

そして、横浜は見事にセンバツを制した。選手たちはバリカンから遠ざかり、髪の毛を少しずつ伸ばしていった。しかし、6月に松商学園（長野）と松本市内で行った練習試合で〝事件〟が起きた。

「すごい雨で、たぶん俺らもちょっとふてくされながら試合をしていたのもあったと思う。『なんでこんな雨の中で試合をしなきゃいけないんだよ』という気持ちが監督には伝わっていて、試合中から監督はかなり怒っていた。なんか言われるんじゃないかなと思っていた」

試合は6-6の同点で、負けはしなかった。先発した松坂は、6失点も自責は2だった。ぬかるんだグラウンドで、エラーがたくさん出ていたことが失点につながったのだ。その怠慢にも映るプレーが監督の逆鱗に触れた。試合後、チームの中心人物である副主将の松坂が呼び出された。

「監督から『お前が坊主にすれば、みんな坊主にするから』と言われて（笑）。それで、すぐ寮でバリカンを手に取った。みんなに『ふざけんな！』と言われたけどね（笑）」

髪の毛を伸ばしたいなんて、年頃の高校生男子なら普通に考えることだ。私もそんな願望がなかったわけではない。ただ、野球に身が入っていない、気持ちが浮ついていると、渡辺監督の目には映ったのだろう。

「これから髪を伸ばしていこうという時期だったから、まだ坊主にはしやすかった。でも、あそこでチームは締まったんじゃないかな。ちょっとチャラついていた気持ちがあったと思う。どんなことをしても『自分たちは勝てる』みたいなところがあったから、松商学園に負けはしなかったけど、そういうことではなかったんだなと思う」

あの横浜が、坊主ではない姿で夏の甲子園を戦う可能性があったなんて、想像もできない。

仲間の気持ちを背負った戦い

20年前の夏、横浜ナインの結束力は強いものだと感じた。私たちPL学園も、横浜とは準々決勝で延長17回の末に敗れているが、本当に意地と意地のぶつかり合いだったし、仲間の気持ちを背負って戦っていた。

松坂は1年生の夏、ベンチ入りメンバーには入っていないが、練習要員として甲子園大会に帯同していた。強豪校では雰囲気を少しでも感じてもらうため、ベンチ入りから外れた3年生ではなく、将来性や力のある下級生を連れて行くことがよくある。松坂は上級生になった98年の夏、東神奈川大会を制した後、ベンチ入りメンバー以外の3年生を、全員甲子園に連れて行ってほしいと渡辺監督にお願いした。

なかなかできることではない。メンバー外の3年生は練習の手伝いだけでなく、宿舎で同級生、場合によっては年下の2年生の洗濯まで雑用を担当する。打撃投手やボール拾いもするが、怪我などでまともにボールを投げられない選手だっている。全員がそれを受け入れるとは思えない。しかし、この代は違った。

「監督からも『こんなに仲の良い代を見たことがない』と言われるぐらい、壁がなかった。俺はどっちかというと、ベンチ外のメンバーと遊ぶことが多かったしね。(彼らは)大会が近づくにつれて、自分たちはメンバーに入れないってうすうすわかっていたし、同級生が全国制覇するためのサポートを自分たちは惜しまない、とよく言われていたから、彼らの思いを持って戦いたいというのがあった」

松坂は1年夏の時に、帯同できずに悔しい思いをしていた3年生たちの姿を見ていたという。洗濯などの雑用を引き受けることもメンバー外から了承してもらい、監督へ直訴した。渡辺監督もこの時に、春夏連覇への大きな手応えをつかんでいたと聞いたことがある。

「ベンチ入りメンバーが、ベンチ外のメンバーのことを見下すというわけじゃないけれど、そのような言動があったら、俺はすぐ怒っていた。メンバー外の選手たちからも、『同級生が試合に出て全国制覇してくれたら、こんなに嬉しいことはない。自分たちも優勝メンバーだという気持ちになれる』みたいなことを言われていた。俺は、横浜と甲子園との距離を感じたくなかった。みんなで一緒に行って、みんなで優勝を分かち合いたいという気持ちがあった」

実は、PL学園の私たちの代と似ている部分がある。98年の夏、PLの3年生で3人がベンチ入りメンバーから外れていた。そのうち一人はマネージャーで記録員としてベンチ入り、二人が背番号のないユニフォームを着て、ボールボーイをした。

チーム内で試合に出ている選手が得点をして帰ってきたら、まずはベンチ前にいるボールボーイの二人とタッチを交わしてから、ベンチに戻っていくという決まりを作った。ベンチの外にいるけれども、ベンチの中にいる選手として認識をしようと決めた。ボールボーイなんかしたくないと拒否されてもおかしくなかったと思う。でも、二人は自らその役を買って出てくれた。

延長17回を戦ったあの場所に、スタンドも含めて両校の3年生部員が全員いたことになる。最上級生たち全員ががっぷり四つで戦っているから、あんな球史に残る試合になったのだと思う。ずっと一緒に3年間やってきたメンバーが、近くにいてくれたから心強かった。目が合った時に力をもらったし、「抑えてくれ」「打ってくれ」というメッセージも感じていた。いまだにその瞬間を忘れない。

松坂も、同級生の力が大きかったと振り返る。

「3年生がみんないたから、泊まるところが寮からホテルになっても、普段通りに過ごせた。練習以外の時間もいつもと変わらなかった。たぶん、いつものメンバーの顔を見て安心していたんじゃないかな」

グラウンドだけでなく、ホテル生活の中でも松坂は強いリーダーシップを発揮していた。準々決勝の後に、試合でノーヒット、守っても失策して落ち込んでいる後藤の部屋に内線電話をかけ「気にするな」と声を掛けたという。直接会って言えばいいのに、あえて電話をするなんて、ちょっとかっこよすぎると思うが、短い時間で端的に気持ちを伝えられれば、それでよかったのだろう。二人の強い絆を感じる。

「PL戦で後藤は踏んだり蹴ったりだったから、隣の部屋なのにちょっと照れくさいから内線で言ったんだ。そういうことあったね。懐かしいよ」

そんな後藤が、翌日の準決勝の明徳義塾戦では0－6のビハインドからタイムリーを放ち、大逆転勝利の口火を切った。9回にも4－6から同点の2点タイムリー。前夜の松坂の電話は確かに効いていた。

あらゆる人の思いに導かれた優勝

明徳義塾戦といえば、9回表から登板した松坂のピッチングは見事だった。前日、私たちPL相手に一人で17回、250球も投げたため、疲労はピークだった。松坂は、投手ではなく左翼で先発出場していた。登板直前、見事なまでのタイミングで、右腕にからみついたテーピングを剥がし、大歓声の中、マウンドに立った。

1イニングを3人でピシャリと抑えて、その裏に奇跡の大逆転。あのテーピングのシーンが何かのスイッチになったように、球場の空気、流れが変わった。松坂は中継のテレビカメラに自分が映っているのがわかったため、あえてそういうことをしたと以前聞いたことがあった。今回の取材で改めて聞いてみると、

「違う、違う。（テーピングを）取ろうとしたら、たまたまカメラがそこにあったというだけの話。わざわざカメラがあるところに行かないでしょう！」

と否定した。ただ、甲子園を経験した私からすると、あれはベンチ裏でもできる作業だ。あえてそこでやったというのは、チームを鼓舞するための仕草、パフォーマンス的な要素も含んでいるものではないかと思っている。

「あの場面は、マウンドに上がる時の歓声がすごかったのは覚えている。結構早い段階で、監督に投げさせてほしいですと伝えたけど、すぐに登板とはならなかった。ずっと、登板のタイミングを考えているようだった。監督から『最後に甲子園のファンにお前が投げている姿を見せてこい』みたいなことを言われた記憶がある。負けを覚悟しているようにも聞こえて、ちょっとカチンと来たというか……」

明徳義塾に大差をつけられても、松坂に負けるつもりなど毛頭なかった。ブルペンに行ってキャッチボールをあえてしたのは、諦めていないと見せつける意味もあった。

渡辺監督は思い出作りを指示するような言葉を選手に送ったが、真意がどこにあったのかはわからない。本当は、選手たちの心の導火線に着火させるのが目的だったのかもしれない。

「そうだね。もしかしたら、自分を登板させることで、奇跡的な展開になることを考えていたのかもしれない」

ＰＬ学園との延長17回の戦い。明徳義塾との8回０‐６からの逆転サヨナラ。そして京都成章相手の決勝戦ノーヒットノーラン。数々の伝説を残した20年前の夏の甲子園は、松坂の力だけではなく、あらゆる人の思いが横浜を優勝に導いていたのだ。

プロ1年目から文句なしの活躍

夏の甲子園が終わり、私たちは高校日本代表でチームメートになった。間近で見た松坂のブルペンは次元が違った。練習場所として使っていた球場のブルペンでは、4投手くらいが一斉に投げることができた。捕手の後ろには20～30人くらいのプロのスカウトがズラリと並び、ピッチングを見ていた。

日本代表監督のＰＬ学園・中村順司元監督から松坂は連投の疲れを考慮され、ピッチング練習は5割程度の力でいいと言われていた。監督の指示に元気よく「はい」と返事して、ブルペンで投げ始めた松坂のボールは「おいおい、これで5割かよ」と思うほどの球の速さだった。

「自分の横で渚がすごいボールを投げていて、スギ（杉内）のカーブはブワーンと曲がるし、とんでもないやつらとブルペンにいるわと俺だって思ったよ。自分の調整も気にかけていたけど、各校のエースがどういうボールを投げるのか見てみたかった。小さい頃から先輩とかの投げているボールを見るのが好きで、その時もスギのカーブとか聡のスライダー、修一のコントロールとか、みんないいもの持っているなと思いながら見ていたのは覚えている」

甲子園で開催された第3回AAAアジア野球選手権で、日本は中国、オーストラリア、モンゴルと1次リーグを戦い、中国、台湾、韓国と2次リーグで対戦。私たちは全勝で勝ち抜き、決勝進出。エース・松坂は18歳の誕生日と重なった9月13日、台湾との決勝戦でも先発し、1失点完投勝利。2－1で日本がアジアの頂点に立った。

この世代の強さはどこまで通用するのだろうかとワクワクしたし、こんなメンバーと一緒に野球ができて幸せだった。

注目が集まる中、松坂はこの年のドラフト会議で横浜、日本ハム、西武の3球団からドラフト1位指名を受けて競合となった。抽選の末、西武が交渉権を獲得。背番号18をつけて、プロのスタートを切った。

キャンプは一軍スタートとなり、ブルペンでも投球練習を披露した。初めてのキャンプだから、余裕がないのかなと思っていたが、松坂は冷静だった。

「西口（文也）さんの直球、スライダーを見た時は、エースという人はこういう球を投げるのかとか、真横に曲がる石井貴さんのスライダーにもびっくりした。ただ、キャンプが始まった時点で、勝手に心の中でチーム内でどの順番にいるのかな、と自分の立ち位置を考えながら見ていた。今の力なら、先発で3番目か4番目ぐらいに入れると思っていた」

その言葉通り、松坂は開幕ローテーションに入り、年間を通して活躍。16勝5敗、防御率2・60と素晴らしい成績を収めた。タイトルも最多勝、新人王、ベストナイン、ゴールデングラブ賞を受賞するなど、1年目から文句なしの活躍だった。

先にプロに入った選手の使命

2年目は10代で開幕投手を務め、14勝7敗で2年連続最多勝、奪三振王と二冠。3年目は15勝15敗、負け数も多かったが、3年連続で最多勝に輝いた。私たちが大学生の間に、松坂はどんどん成績を伸ばし、どこか遠くへ飛んで行ってしまいそうな感じだった。

だが、松坂自身は、同世代の仲間のことを忘れたことは1度もなかった。入団直後は、高卒からプロに入った同学年の選手のファーム成績をくまなくチェックしていたし、社会人や大学に進んだ選手の成績も見ていた。私が立教大で一時、投手から外野手にまわった時も「なんでレフト？　遊んでるんじゃないよ」とお叱りの電話があったほどだ。

「気にしていたよ。プロに入って、社会人なら3年後、大学なら4年後に、みんな入ってくるだろうと思っていた。だから、その時には自分はもっと先を走っていたい。圧倒的な差をつけてやるって思っていた」

大学や社会人に進んだ選手たちは、プロで活躍する松坂の姿に刺激を受けていた。杉内は「俺も絶対に同じプロの舞台に立つ」と奮起していたし、平石は「松坂がプロでやれているのだから俺もできる」と力に変えていた。

しかし、松坂本人も同じように、同世代を意識して戦っていたのだ。世代の仲間たちが、この代のレベルをみんなでさらに上げていた。

大学生が豊作と呼ばれた2002年、松坂にとって4年目のシーズンは破竹の勢いで、開幕6連勝をマーク。同世代への強烈なアピールとなったが、右肘を怪我してしまった。登録・抹消を繰り返すなど、最初の6勝止まりだった。それでも、秋に入ってくる同級生のことを思いながら、治療に励んでいた。

「来年はダントツの成績を出してやる、と思いながらリハビリしていたかな」

当時、松坂は言っていた。「大学、社会人で頑張ってきたのはわかるけど、こっちはもっと厳しいプロの世界で4年間も揉まれてきた。差があるというのを見せないといけない。それが先にプロに入った選手の使命。見せつけることができなければ、高卒から行った意味がない」と。

翌年、自由枠やドラフト上位でプロに入ってきた大学生は、アマチュア球界で好成績を残し、松坂との距離が縮まったと思っていたはずだ。しかし、後からプロ入りした松坂世代の選手は、実際に対戦したりプロを経験したりして「全然違う」と口をそろえていた。やっぱり、松坂大輔は常に先に行っているとみんなが感じていた。

「でも、それは経験の差だけだと思う。ボールとかは自分が特別だったとかいう意識はない。ただ、プロで自分は揉まれてきたというのがあるから、やっぱり対戦したら、『いやいや、負けませんよ』みたいなのはあったよ。負けられるかって。同級生の投げ合いがあるのは楽しかったな。めっちゃ意識した。楽しみで仕方なかった」

同級生に払った最大級の敬意

この本の取材をしていくにあたり、松坂がことごとく同級生との投げ合いに勝っていることに気づく。勝つだけではなく、完投もしている。絶対、先にマウンドを降りないという覚悟がにじんでいる。

和田も新垣も言っていたが、マウンド上の松坂を見ると平然としているというか、楽に投げているように見える。攻守交代の時はいつも走ってマウンドに向かう。自分たちは必死に試合を作っているから、走る余裕もない。そこに松坂のすごみを感じていた。

「必死で試合を作る? 今の俺だわ（笑）。攻守交代の時に走っていたのは、どこかで見栄もあったと思うよ。実際は余裕しゃくしゃくなんてことはない」

野手との対戦も特別な思いを抱いていた。というか、同級生相手に礼を尽くしていた。広島の東出や楽天の平石らが言っていたが、オープン戦の最初の打席は芯で捉えることができたのに、それ以降はまったく歯が立たない。松坂はその理由をこのように話した。

「オープン戦で対戦した時は『打たせてやる』というか『打たれてもいいや』って思いながら投げていたよ。対戦を楽しんでいた。でも、公式戦となれば、絶対に打たせたくない。同級生に対しては、一番力を入れて、一番速い直球、一番いい変化球を投げてやると思っていた。みんな、変化球を投げたら『ずるい！』と言っていたけれども、いやいや、そんなことないでしょう（笑）」

最大級の敬意を払っていたのだ。当時のオリックス・イチロー選手や日本ハムの小笠原道大さん、近鉄の中村紀洋さんのような球界屈指の打者と対戦する時と同じくらい上質なボールで、同級生たちに〝おもてなし〟をしていたのだと思う。

「でも、やっぱり同級生の戦いはいいね。いまだに会ったら嬉しいし」

この取材の時、松坂は今年の交流戦で小谷野と戦ったことを喜んでいたし、復帰に向けて頑張っていた杉内と試合で投げ合いたいと、再び戦うことを信じてやまなかった。

「もう一回、みんなで一軍で活躍して、対戦したいよ」

寂しいが、対戦できる松坂世代の選手は少なくなってしまった。

同世代の思いを背負った数字へのこだわり

同世代とは2000年のシドニー五輪、2004年のアテネ五輪、第1、2回のWBCといった国際試合の舞台でも一緒に戦ってきた思い出もある。

「同級生がいるとほっとしていた。やっぱり甲子園で戦った仲間、友達がいると安心する感覚。最初のシドニーだったら、スギがいる。アテネだったら毅もいたし、WBCには、球児も修一もいた。同級生の俺らでなんとかしてやるぜ！　と思っていた。そのメンバーの中で、自分たちが中心なんだと思い込んでいたから」

シドニーは4位、アテネでは銅メダルと頂点には届かなかったが、WBCでは2度の世界一、MVPにもなった。少しずつステップアップじゃないが、上を目指してきた。シドニーではまだ19歳。10代の若さで国を背負って投げるなんて、その重圧は計り知れない。

「日本代表のユニフォームを着て試合、プレーすると、普段以上に力が出るような気がするし、何よりかっこいい。小学生の時からオリンピック代表の試合とか見ていて、いつか自分も同じジャパンのユニフォームを着たいと言っていた。中3の世界大会の時に同じ日本代表のユニフォームを着ることができて、めちゃくちゃ嬉しかった。プロに入っててシドニーでまた着られるんだとも思ったし。いまだに日本代表のユニフォームを着られるんだったら、いつでも着たい！　と思っている」

２００６年のＷＢＣで、日本を世界一に導いた松坂は同年オフ、ポスティングシステムで西武からボストン・レッドソックスに移籍した。２００７年のメジャー1年目から15勝を挙げ、ワールドシリーズにも登板し、勝利投手となった。２００８年には18勝をマーク。アメリカへの挑戦は同級生たちの刺激にもなっていた。和田や藤川も松坂を追って、その後渡米した。

「3人ともトミー・ジョン手術を受けたから、『スリー・トミージョンだ』という話はしたね（笑）。自分がメッツにいた時は、二人が同じナ・リーグのカブスにいて遠征に来ていたので、ニューヨークで食事をした。いつでもそうなんだけど、会えば野球の話しかしない。球児が来ると、すぐ野球の話。こういう練習をしていて、こういうトレーニングしているとか、そういう話ばかりしていたのは覚えているなぁ」

それぞれが今、日本球界に復帰し、チームのため、自分のために戦っている。松坂は日米通算１７０勝。和田は１３１勝。藤川は２２７セーブ。アメリカで数字が思うようには伸びなかったため、松坂世代の名球会入りはまだ誰もおらず、黄信号が灯っている。

松坂はあと30勝で２００勝。和田は約70勝が必要。藤川はあと23セーブだ。すでに１

学年下では鳥谷敬選手、青木宣親選手が2000本安打を達成している。今まで松坂から数字に対してのこだわりは聞いたことがなかったが、この取材ではっきりと言った。

「200勝したいよ。野球が好きだから続けているし、このまま終わりたくない。やっぱり、どんどん欲が出てきた。最初は投げられるようになりたい、と思っていたけど、投げられるようになって、最終的には200勝したいとか思うようになったかな」

勝ち星にこだわりのなかった男が、数字を意識している。それは、自分だけの思いではないと考えているからだった。今年の9月をもって、村田が現役を引退。バッターでの名球会入りに最も近い男が、2000本安打まで135本を残してユニフォームを脱いだ。最強世代と呼ばれたメンバーで、誰一人として偉業を達成していないことに、松坂が納得するわけがない。長くやればやるだけ、その可能性は広がる。

「200勝したいとか、誰よりも長く現役でいたいと思うんだけど、本当のところは、みんなで長くやりたいんだ。みんなで長くやって、みんなで記録を残したい。この世代は記憶には残っている選手が多いけれども、記録という意味ではそこまでまだ残せていないから」

個人の意地や欲ではない。松坂は同世代の思いを背負い、200勝到達を使命と感じているのかもしれない。

本当の勝負は来年以降

今年は中日で11試合に登板し、6勝4敗。防御率3・74。この成績をどのように受け止めているのか。松坂大輔は復活したと言っていいのか。

「復活と言われるのは、嫌だね。3年間まともに投げていないから、それだけを見ればそうかもしれないけど、これで復活なら逆に申し訳ない。『これでいいんですか?』みたいなところはある。まだまだ自分の感覚ではない。本当の勝負は来年以降なんじゃないかな。今年は来年のためのきっかけにしたい。きっかけにしなきゃいけない」

復帰明けのシーズンだったため、中日・森繁和元監督からは、本拠地のナゴヤドームでの登板だったり、間隔を空けての先発だったり、配慮してもらった。しかし、チームはBクラスでシーズンを終えた責任も感じている。

「間を空けながらでも投げてこられたのは、自分にとってはよかったんじゃないかなと思うけれど、まだ、長いイニングを投げられていない。9回まで投げて勝つことができたら、自分でも理想とする場所に戻ってこられたかなと思う。今は9回がもう遠いもん(苦笑)」

西武時代は、いつも巨人の斎藤雅樹さんが持つ連続完投記録の11試合を目指していた。完投記録が途切れた時は本当に悔しがっていた。

「ライオンズの時は中継ぎのデニー（友利）さんとかに言っていた。『今日は休んでください』『今日は最後まで投げますから』って。今は違う。ブルペンで『行けるところまで行きます』って言っている（笑）」

球速や変化球のキレも全盛期に比べれば、ほど遠い。投球回数も短い。それでも勝負所を察知して、最少失点で切り抜ける投球術、ピンチでギアを上げるじゃないけれど、力を入れて要所を締めるピッチングはまだ健在だなと見ていて思う。

「長くやってきたから、今は今なりの抑え方はちゃんと自分で持っている。その通りに投げられれば、ある程度は抑えられると思う。けれども、やっぱり昔と比べればしんどいよ。入団した頃、先発したベテランのピッチャーが抑えるたびに、本当に疲弊し切っていたけど、その気持ちは本当によくわかる。今なら『そうですよね～』とか言っているはず（笑）」

自分が目にしてきたベテランは、そう言いながらも技術でカバーしてきた。今は松坂本人がそうなっている。技術だけではどうにもならず、打ちのめされることだってある。昔のようなボールを投げられなくても、松坂がやろうとしているピッチングは変わらない。

「気持ちの面では変わっていない。5回を投げ切れば勝ち投手になるから、ここを乗り切ろうとか全然思わない。ヒットが出ようが、フォアボールを出そうが、盗塁されようが、最終的にホームに還さなければいい。無死二、三塁とかの時、どうやったら点を与えずに済むかということを考えている。嗅覚だよね。ただ、今のピッチングは、全く楽しくない（笑）。だけど、今の自分というものを受け入れているよ。自分がどれだけのボールが投げられて、これぐらいのボールを投げられなければ抑えられない、ということはわかっているから」

それでも横浜高校の後輩のスラッガー、筒香嘉智選手と対戦する時なんかは、ちょっとだけボールの質が変わったりしている。気持ちがボールに伝わっている。やはり、ギアは上がるのか。

「そういうことはあるよ、例えば、ゴウ（筒香）に回ってきたら、ちょっと力を入れるとかはある。でも、昔ほどやっぱり（ギアチェンジは）できないね。それができたらなぁとは思う。今はそれができないから。ギアは今、メンテナンス中（笑）」。

メンテナンスを終えた最新版の松坂のギアチェンジが、来年以降見られるか楽しみだ。

松坂世代という言葉に感じるありがたさ

確かな手応えを持って、2018年シーズンを松坂は終えることができたが、球界では松坂世代に冷たい風が吹きつけた。NPBの現役選手は松坂、和田、藤川をはじめ、ついに1ケタ（8人）になった。自分でスタートさせた松坂世代。フィニッシュテープを一番最後に切るのは、私は松坂自身であってほしいと願っている。

「自分は最後まで生き残ってやるって思っているよ。チーム事情もあるから、プレーできることが当たり前の状況ではない。でも、気持ち的には、何がなんでも生き抜いてやるって感じかな。一番最後までやらなきゃいけない」

東出は日本球界でできなくても、韓国や台湾などどこでもいいから「最後までやるのが大輔の義務」と言っていた。

「そういうこと言うのはアイツらしいね（笑）。元々そのつもりだった。日本の球団と契約ができなかったら、韓国とか台湾、アメリカの独立リーグとかも視野に入れていた。一人で続けていくつもりだったから」

一方、松坂世代で、平石のように指揮を執る人間も出てきて、指導者という次のステージに入る年齢にもなってきている。

「洋介が楽天で二軍監督をやっている時から、もうそういう年齢でもあるんだなと思ったよね。でも、自分がその年齢で監督とかコーチをやっている姿なんて全くイメージできないし、教えることは嫌いではないけれども、俺はまだいいやと思うね」

指導者になっている東出と平石の二人は、公式戦での松坂攻略を目論んでいる。それが楽しみだとも言っていた。いくつになっても、どんな立場になっても、打倒・松坂は変わらないんだろう。

「ていうかさ〜、逆に勝たせてよ。いや、もういいじゃん。なんなら、俺には勝たせてやるよ、くらいの感じでくればいいいんじゃないの？　と思うよ」

標的にされることを、松坂は笑みを浮かべながら嫌がっていた。


最後に、今回の登場人物全員に聞いている質問をぶつけた。本人だけれども、松坂世代に生まれてよかったですか？

「よかったと思う。やっぱり若い時から、これだけ張り合いのあるメンバーの中で同じ時代を生きてこられたのは、幸せなことだと思う。最初は嫌だったけど、そう呼ばれることが最近嫌じゃなくなってきた」

それは今年、中日で投げられるようになってからの心境の変化だった。野球をしていた人、そうでない人からも「松坂世代なんです」と言われることが多くあったからだ。

「(試合に出ていない期間が長かったし、復活できたので)今年は特に言われたかな。逆に怪我をしていたからこそ、よく言われるというか。『私も松坂世代です』と、みんな小さい子供を連れて、お父さん、お母さんが言ってくる。『(松坂世代という言葉を)使わせてもらっています』とか『まだまだ頑張ってください』と。まだ松坂世代という言葉が通用するためにも、俺は頑張らなきゃいけないなと思ったりもする。ありがたいという風に受け取っている。もう少し頑張ろうかな、と思えるよ」

以前は、同世代が自分の名前でひとくくりにされることに抵抗があった。それを、全員が受け入れてくれるとは思っていなかったからだ。嫌だと思う人もいるだろうと、人の気持ちになって考えていた。でも、いつしか、その言葉は松坂にとって大きな心の支えになっていた。

喜びも苦しみも、松坂が頑張っている姿があったから、私たちも力に変えられた。それが、どれだけ支えになっていたことか。それに「○○世代」と名のつくものは、一人だけがいてもいけない。シンボルとなる人間と、その周りが一緒に走り続けているから成り立つものだ。

松坂大輔と触れ合ったことのある人は、その寛容な人間性に何度も救われただろう。優しく、時には厳しい言葉にも支えられてきた。もうすぐ40歳の〝おじさん〟に言うのは失礼だが、その愛くるしい笑顔も含め、取材に応じてくれた同級生みんなが松坂大輔のことが大好きで、心から応援していると感じた。

同い年の野球ファンだって、自分自身と思いを重ねてきたはずだ。松坂が頑張っているから、俺も、私も頑張る。松坂とともに戦い、ともに歩んできた20年だった。

松坂世代。

この言葉が生き続けるためにも、松坂大輔はマウンドに立ち、世代のトップを駆け抜ける。その姿を仲間たちも全力で追っていくだろう。

これからも、ずっと――。

おわりに

「平成の怪物」と呼ばれた松坂大輔が、甲子園球場のマウンドで光り輝いたあの時から20年が経過した。

夏の準々決勝、ＰＬ学園－横浜高校の延長17回の戦いがきっかけとなり、議論の末、2年後に延長再試合の規定が18回から15回に変わった。

２００６年の夏の決勝では、早稲田実業－駒大苫小牧が延長15回で決着がつかず、決勝再試合となった。投手の肩や肘の負担減少のため、今年からは延長タイブレークが導入された。

時計の針が進むのと同時に、高校野球も変わってきた。

１５７万人を超えるといわれている１９８０年生まれの「松坂世代」。多くの選手がＮＰＢの門を叩いた。時代は流れ、選手たちは若手から主力になり、ベテランとなった。そして平成最後の年となった今年、６人の選手が現役生活にピリオドを打った。ＮＰＢのユニフォームを着てプレーする選手は、これで８人となった。

いま松坂世代は、新しい局面を迎えている。楽天の平石監督をはじめ、指導者になる人間も増え始めた。

私はよく、松坂世代の歩みをマラソンに例える。

先頭を走る松坂大輔が、とんでもない速いペースで松坂世代という集団を引っ張ってくれた。みんなは必死で食らいついていった。先頭の背中は遠くなったり、近くなったり。私も含め集団から離され、〝途中棄権〟をする者もいた。

それでも松坂はみんながついてきてくれると信じ、スピードを緩めることなく引っ張り続けた。それによってレース全体のレベルが上がり、みんなが自己ベストを更新している。

もう40キロは過ぎただろうか。

先頭の松坂も腕が振れなくなり、かつてのスピードは出なくとも懸命に歩を進めている。でも、決して先頭は譲らない。世代の前に自分の名前がついている者のプライドにかけて。

フィニッシュテープを切るまで、松坂大輔は全力で走り続ける。

私は最後の最後まで声を張り上げて応援したい。喜びも悲しみも、成功も失敗もすべてを力に変えて走るトップランナーへ、ありったけの感謝の気持ちを込めたい。私たち松坂世代の生きる原動力になってくれているのだから。

松坂世代の一員として、応援することが義務だと思っている。松坂世代は21年目も22年目も、まだまだ我々を楽しませてくれるだろう。

2018年　10月

上重聡

20年目の松坂世代

2018年12月21日　初版第一刷発行

著　　者／上重聡

発 行 人／後藤明信
発 行 所／株式会社竹書房
〒102-0072 東京都千代田区飯田橋2-7-3
☎03-3264-1576（代表）
☎03-3234-6208（編集）
URL　http://www.takeshobo.co.jp

印 刷 所／共同印刷株式会社

カバー・本文デザイン／轡田昭彦＋坪井朋子
協力／新垣渚・小谷野栄一・杉内俊哉・館山昌平・
東出輝裕・平石洋介・藤川球児・松坂大輔・
村田修一・和田毅（五十音順）
カバー写真／アフロ（日刊スポーツ新聞社）
写真／アフロ（日刊スポーツ新聞社・読売新聞社・
毎日新聞社）
編集・構成／石川遥輝

編 集 人／鈴木誠

Printed in Japan 2018

ISBN978-4-8019-1571-8